徒目付 密命

旗本三兄弟 事件帖2

藤 水名子

時代小説

二見時代小説文庫

JN170392

目次

徒目付《かちめつけ》 密命——旗本三兄弟 事件帖2

序　章　はじめての友

一

「よく来てくれたのう」

徹次郎《てつじろう》は満面の笑みで旧友を迎えた。

天気がよいので開け放った居間の雪見障子からは、隅田川《すみだがわ》の土手が一望できる。春先ならば、日がな一日満開の桜を眺めることもできるが、生憎花《あいにく》の季節にはまだ早い。

それでも、今日は小春日和《びより》の心地よい風が吹き込んでいた。

最前《さいぜん》、お客様ですよ、とお由《ゆう》が起こしに来たとき、徹次郎は極めて不機嫌であった。

日頃は、長命寺《ちょうめいじ》の鐘が鳴っても起きることはなく、巳《み》の刻過ぎまで床《とこ》の中にいるのが彼の日常だ。それ故徹次郎を知る者は、こんな時刻に彼を訪れたりはしない。それを知らずに訊ねて来るのは、どうせ親交の薄い、ろくでもない奴だろう、と徹次郎は決めつけた。

仮に、太一郎《たいちろう》ら来嶋《きじま》家の兄弟が訳あって早朝から訪ねてきたのだとすれば、お由は「お客様」などという不特定多数を表す言葉は使わず、「太一郎様が」と言う筈《はず》だ。

「病で伏せっていると言って、帰ってもらえ」

床の中から、けんもほろろに徹次郎が言うのと、

「福江孝四郎《ふくえこうしろう》さまと名乗ってますよ」

客の名を告げるお由の言葉がほぼ重なった。

「なに？　福江孝四郎だと？」

その名を聞くまで、徹次郎は全く起きる気がなかった。だが、名を聞いた瞬間、掛け布団を払い除けて飛び起きた。急いで着物を纏《まと》い、お由に身支度を手伝わせて、座敷へ出た。

「よく来たな、孝四郎」

「すまんな、朝早くから――」

福江孝四郎は、年齢相応に苦労の滲《にじ》む笑顔で徹次郎に応えた。一応火熨斗《ひのし》の利《き》いた黒紋服を身につけているが、よく見れば古びて白茶けている。

(おぬし、本当に孝四郎か?)

問いたい気持ちを、徹次郎は辛《かろ》うじて呑み込んだ。それほどに、いま彼の目の前にいる中年男は面窶《おもやつ》れしていた。幼少の頃から、その美貌を称《たた》えられた徹次郎ほどではないが、孝四郎とて、かつては紅顔の美少年と呼ばれたこともある。

(とても同い年とは思えん。……六十と言われても信じるぞ)

かつて学問所では机を並べ、同じ道場にも通った同い年の友人である。

ともに、貧乏旗本の部屋住みという同じ立場であることからすぐに親しみ、意気投合した。学問も剣もからきしだという点でもよく似ていた。徹次郎は小唄や端唄《はうた》といった芸事が好きで、暇さえあれば、両国《りょうごく》の垢離場《こりば》に入り浸った。家の土蔵から金になりそうなものを持ち出しては質《しち》に入れ、悪所《あくしょ》へも通った。おかげで、書画骨董には多少目利《めき》きにもなった。

しかし、兄の慶太郎《けいたろう》が不慮の死を遂げ、徹次郎が来嶋家の家督を継ぐと、城勤めの多忙さから次第に疎遠となり、いつの間にか、便りすらろくに通わせぬようになっていた。

「何年ぶりになるかのう」

「おぬしが来嶋の家を継いだ頃からだから、もう十五、六年ぶりになるかのう」

「ほぉう、もうそんなになるのか」

徹次郎は素直な嘆声をあげた。

「早いものだな」

「そんなことより、おぬし、よく隠居したものよのう。まだ、そんな歳でもあるまいに」

「いや、元々、兄の息子に家を継がせるまでの繋《つな》ぎだからな、俺は」

「相変わらずのお人好しだな、おぬしは。亡くなられた兄上はお気の毒だったが、おぬしにとってはまたとない僥倖《ぎょうこう》ではないか。……いまどき、馬鹿正直に当主の座を甥《おい》に明け渡す者などおらぬぞ」

「儂《わし》は旗本当主の柄《がら》ではない故――」

悪びれずに笑う徹次郎の顔をまじまじと見返して、

「本当に、たいしたお人好しだよ、おぬしは」

福江孝四郎は、老爺《ろうや》のようにも見える顔を顰《しか》め、嘆息混じりの声をだした。

その疲れきった様子に、徹次郎の胸は少しく痛む。徹次郎のように、一時《いっとき》でも家督を継いだ者は楽隠居を決め込むこともできる。部屋住みのまま中年老年を迎える者の悲惨さは、推《お》して知るべしというものだ。

　だが、徹次郎は然有《さあ》らぬていで、

「よく訪ねてくれたなぁ、孝四郎」

　孝四郎に対して笑顔を向け続けた。

「で、どうしておった、孝四郎？」

「どうもこうも、相変わらずの部屋住みだよ。一応、分家して実家は出たが――」

「そうか」

「お前はいいなぁ。一度は家督を継いだ上での若隠居だ。……その上、あんな佳人と二人暮らしとは」

「…………」

　酒肴《しゅこう》の膳を運んできたお由の背中を目で追いながら孝四郎は言い、徹次郎は言葉を失う。

　将来に希望のない部屋住みの身でありながら、兄の不幸によって家督を継いだ。兄の遺児たちが未だ幼く、家を守る者が必要だったからだ。兄の子らが成人するまでの、つなぎの当主である。甥が元服し、出仕できる年齢に達すれば、自分は隠居する。それは、家督を継いだときから決めていたことだ。

　だが、折角《せっかく》当主となりながら、あっさり甥に譲ってしまう徹次郎の無欲さを、孝四郎は暗に責めていた。

孝四郎にしてみれば、一度手にした僥倖をあっさり自ら手放してしまう徹次郎の潔《いさぎよ》さは、厭味としか思えないのだろう。

(俺は本当に運がよかったな)

徹次郎はしみじみと思った。

一生部屋住みでも仕方ないと思っていた。そもそも、兄の慶太郎とは母が違う。そのことに引け目を感じてもいた。

だが慶太郎は、そんな徹次郎の引け目を笑いとばすほど見事な気性の持ち主だった。

「儂にもしものことがあったときは、香奈枝《かなえ》と子らを頼むぞ、徹次郎。お前しか、頼れる者はおらぬのだからな」

本気か戯《ざ》れ言《ごと》か、屡々《しばしば》そんなことを口にしては徹次郎を困惑させた。

徹次郎が密かに香奈枝に思いを寄せていることにも、或いは薄々気づいていたのかもしれない。

兄の死によって来嶋家の家督を継いだとき、香奈枝を娶《めと》ることを、密かに期待しなかったかといえば嘘になる。

夭折《ようせつ》した兄の後を継ぐ際、兄に妻子があれば、その妻子ごと家を継ぐことは珍しくない。だが徹次郎は、自ら密かな野望を、あっさり諦めた。寡婦となった香奈枝の心に自分の入り込む余地が僅かもないことを、思い知っていたからだ。

もし徹次郎が、香奈枝に対してなんの思いも抱かず、ただ兄の後を継げる僥倖にのみ歓《よろこ》んでいたとしたら、その気のない香奈枝を強引に娶り、来嶋の家を継いだことだろう。しかし、そんなことをすれば香奈枝が悲しむ。或いは、一生自分を許さないかもしれない。

（それだけは、いやだ）

好きになってもらえないなら、いっそ憎まれてもいい、と思えるほどには、徹次郎の心は強くなかった。好きになってもらえずとも、最低限嫌われたくはなかった。

それ故、太一郎が元服し、家督を継げる年齢になるのを待って隠居した。

すべては、香奈枝に嫌われたくない一心でしたことだ。

（俺は、ずるいな）

旧友を前に、すっかり自己嫌悪に捕らわれ、黙り込んでしまった徹次郎に、

「ところで、徹次郎、今日こうしておぬしを訪ねてきたのはほかでもない」

孝四郎はふと言葉を切り出す。

「実は、おぬしに見てもらいたいものがあるのだが――」

「え？」

「いや、たいしたものじゃないんだが……」

驚く徹次郎に言いつつ、孝四郎は傍《かたわ》らに携えてきた細長い風呂敷包みをふと引き寄せると、膝の上でほどきはじめた。中になにが入っているかは一目瞭然の長さである。

予想どおり、やや褪《あ》せた蘇芳《すおう》色の風呂敷から姿を現したのは、一幅の掛け軸だった。

「たいしたものではないと思うのだが、我が家に古くから伝わる品でな。……おぬし、こういうものには目利きであろう」

と巻緒を解いて見せたのは、古色蒼然とした山水《さんすい》の水墨画である。

「ほう……雪舟《せっしゅう》か」

徹次郎は目を細めて画に見入った。

風雅を愛する風流人の常で、骨董の類《たぐい》にはちょっとうるさい。それを知っているので、

「ど、どうせ、贋作《がんさく》だろうと思うが……」

孝四郎は慌てて言い募った。

「なにぶん、我が家に長らく伝わってきた品なのでな。頭から贋作と決めつけては、家人たちが落胆する」

「残念だが、俺は目利きではないぞ。書画骨董は嫌いではないが、所詮素人《しろうと》だ」

「そうなのか？」

「ああ、そういうものを見るのは好きなので、馴染みの骨董屋が、『これは出物です』などと言って、いろんなものを持ち込んでくるが、その真贋《しんがん》のほどは俺にはわからん。……なんなら、その骨董屋に見てもらおうか？」

「い、いや、それには及ばん」

孝四郎は即座に首を振り、

「いいのか？」

徹次郎に問い返されると、不安そうな、それでいて一抹《いちまつ》ホッとしたような顔になった。

孝四郎はしばし逡巡し、目の前に置かれた膳からふと盃を手にとると、思いきってひと息に飲み干す。

「すまぬが、しばらく預かってはもらえまいか？」

「え？」

盃の酒を飲み干した勢いで孝四郎は述べ、思いがけぬ友の言葉に、徹次郎は当然驚いた。

「俺が？」

「ああ」

「何故だ？」

「………」

徹次郎の素朴な問いに対して、孝四郎は答えを躊躇《ためら》った。

「いや、その……」

口ごもり、上目づかいに徹次郎を窺《うかが》う。

「なんだ？」

「少しばかり、都合してもらえぬだろうか」

「………」

「か、金を貸してくれぬか、徹次郎」

目を伏せながらも、孝四郎は思いきってひと息に言った。

「た、頼む、徹次郎」

そして、畳に両手をつき、叩頭《こうとう》した。

「お、おい、孝四郎、やめてくれ――」

徹次郎は慌てて言い募った。

「他人行儀な真似はやめてくれ、孝四郎。友ではないか」

「徹次郎……」

「俺たちは友だ。友が友の窮状を助けぬなどということがあろうか」

徹次郎は懸命に言葉を述べた。そうしていないと、押し寄せる淋しさで忽《たちま》ち圧《お》し拉《ひし》がれそうになる。

「いいのか？」

「ああ……頭をあげてくれ、孝四郎」

「すまぬ」

徹次郎に促されても、孝四郎はなかなか顔をあげなかった。きまりが悪くてあげられないのだろう。

（そんなものだ。俺はなにを期待したのだ？）

徹次郎は懸命に己に言い聞かせた。

旧知の友が突然訪ねてくる。本心からの懐かしさで訪ねてくれる者など、いるわけがない。どうせ金の無心に決まっている。この歳になると、実家の世話になっているのも心苦しい。兄の息子——即ち甥が嫁を迎えたりすれば、家の中には居場所すらなくなる。分家といえば聞こえはいいが、蓋《けだ》し、侘《わ》びしい裏長屋住まいをしていることだろう。

(本当に、俺は運がいいな)

孝四郎が持参した掛け軸の絵を眺めながら、徹次郎はしみじみと思った。

二

湯島天神裏門坂通《ゆしまてんじん》りを明神《みようじん》下方面へ折れれば、湯島の学問所はもう目前だ。

元々は、大学頭《だいがくのかみ》であった林家《はやしけ》が、主に直参《じきさん》の子弟の教育を目的として上野忍岡《うえのしのぶがおか》の屋敷内に開いていた私塾を、五代将軍・綱吉《つなよし》の代になって神田《かんだ》湯島に移築した。当時は湯島聖堂と呼ばれていたそれを、先年幕府が完全に召し上げて直轄の教育機関とし、名称も昌平坂《しようへいざか》学問所と改めた。

昌平とは、孔子《こうし》の生地「昌平郷」に肖《あやか》る名である。

筆頭老中として幕政の改革に辣腕《らつわん》をふるった松平定信《まつだいらさだのぶ》は既に数年前老中の職を辞していたが、幕閣には未だ彼の息のかかった松平信明《のぶあきら》、牧野忠精《まきのただきよ》などの老中が留任し、定信の政策を引き継いでいる。それ故、定信の発した寛政異学《かんせいいがく》の禁《きん》も健在で、朱《しゆ》子学《しがく》を奨励する風も強い。

老中を退《しりぞ》いたといっても、現職の白河藩主《しらかわ》であり、八代将軍吉宗《よしむね》の孫でもある松平定信の威光は依然として絶大だった。

幕府直轄の昌平坂学問所となってからは、教授を林家の者に限らず、尾藤二洲《びとうじしゅう》や古賀精里《こがせいり》など、外様《とざま》からも招聘するようになった。それに伴い、学生も、直参の子弟だけでなく、藩士・郷士《ごうし》・浪人などの聴講入門も許されるようになっている。

陪臣《ばいしん》の子や浪人が入門してくるようになってからというもの、学問所の雰囲気は一変した、というが、順三郎《じゅんざぶろう》にはその差異はわからない。陪臣や浪人たちと同じく、彼もまた、湯島聖堂が昌平坂学問所（昌平黌《こう》）と改名されてから入門した学生なのだ。

それ以前――元服するまでは、兄たちも学んだ市井《しせい》の儒者の私塾で学んでいた。順三郎が昌平黌に入門したときには既に、学問所の講堂も学寮も、お国言葉を話す陪臣の子や、見るからに窮乏していそうな浪人たちでいっぱいだった。

浪人たちの目的は、学問そのものよりも、しかるべき家に仕官することだ。だから、名のある教授に取り入ったり、大家の子息たちと親交することに余念がない。

それに比べて、陪臣の子弟らはのんびりしているが、いつも同じ藩の者同士で固まっていて、他藩の者や直参の子弟らと交流するつもりはないようだった。

ならば直参の子は、直参の子同士で連《つる》むべきなのだろうが、裕福な御大身《ごたいしん》の子は高名な学者を家庭教師にしていることが多いから、通常こうした学問所などには来ない。来嶋家と同家格の貧乏旗本の子も大勢いるが、陪臣の子弟らと同じく、既に親しく連んでいて、順三郎の入り込む余地はなさそうだった。

それ故、順三郎には、いまなお、一人の友もいない。

友などいなくても、学問に障《さわ》りはない。

自分は学問を修めるために学問所に通っている。学問を修め、何《いず》れは学問を以《もっ》て身を立てることを目標に、日々学問に励んでいる。

「学問の家の子でないそなたが、学問で身を立てるためには、学問の家の養子になるしかありません」

と、母の香奈枝は冷ややかに言い放つが、一生懸命励みさえすれば、必ず道は開ける筈だ。順三郎はそう信じている。

信じて精進することだけが、決して楽ではない家計をやりくりし、学問所の束脩《そくしゅう》や教授への謝儀を用意してくれる兄・太一郎への恩返しなのだ。

(友がいない淋しさなど……)

順三郎は己に言い聞かせる。

これまで順三郎が、同じ年頃の旗本の子弟と関わる機会を持てなかった理由の大半がその兄にあるとは、彼は夢にも思っていない。年の離れた兄たちからあまりに溺愛され、可愛がられるあまり、幼い頃から、同じ年頃の子と接する機会が殆どなかった。塾への行き帰り、常に兄たちが送り迎えをしてくれた。武家の子は当然道場にも通っている。これまた、兄たちと一緒に通うので、友のできる余地はない。

だが、そのおかげで順三郎は、物心ついたときには既に父がいなかった、という淋しさを、微塵《みじん》も感じずにすんだ。

(父上に会いたい)

と、思ったこともなかった。

だから、兄たちに対しては感謝しかない。

ただ、父の顔を知らず、ともに語らう友もいない己の寂寞《せきばく》を、無意識に埋めようと試みるだけだ。

(孔子だって、弟子ができる以前はきっと孤独だったんだ)

三千年も昔の唐土《もろこし》の昌平がどんな感じだったか、もとより順三郎には知る由もないが、この神田明神下界隈の賑わいには比べるべくもないだろう。

(新しい書物が欲しいなぁ)

あたりに建ち並ぶ古書店の軒々をぼんやり覗き込みながら、思うともなく、順三郎

は思った。思った途端、

「おい、順、そんな腑抜けた面《つら》でぼんやりしてると、また財布をすられるぜ」

不意に耳許で囁かれた。

勿論《もちろん》、耳慣れた男の声音《こわね》だ。

「いいですよ、すられたって。どうせ空財布です」

存外落ち着いた声音で、順三郎は応じる。

「なんだ、兄貴に小遣いもらってねえのか？」

「…………」

肩にまわされる黎二郎《れいじろう》の腕が強すぎて、順三郎は思わず顔を顰《しか》める。

「なにか欲しい書物があるなら、買ってやるぜ、順」

「黎二郎兄《にい》」

「兄貴の俸禄はたかが知れてるし、それに、義姉《あね》上や千佐登《ちさと》もいる。欲しいものがあれば俺に言えよ、順」

「黎二郎兄だって、もうすぐ婿《むこ》入りなされるのでしょう。博徒《ばくと》の用心棒は、もうおやめになったのではないのですか？」

「まだやめてねえよ。次の用心棒が見つからねえからな」

「太一郎兄上とお約束されたのではないのですか」

「だから、次の用心棒が見つかるまでだよ。俺が急にやめちまって、親分が殺されたらどうすんだよ。親分には世話になってんだからな」

「そんなことをおっしゃるのは、いつまでも用心棒を辞めぬための方便《ほうべん》ではないのですか」

順三郎の追及は存外容赦ない。

「お前、いつから兄貴みたいなこと言うようになったんだよ」

黎二郎は舌打ちし、順三郎の顔を覗き込む。

「別にそんなつもりでは……」

順三郎は閉口《へいこう》した。

日頃世話になっているという負い目を抜きにしても、亡き父に生き写しだといわれる太一郎のことを、順三郎は手放しで慕っている。決して黎二郎のことが嫌いなわけではないが、自分にとっては父親に等しい太一郎を困らせていると思うと、どうしても当たりが厳しくなった。

「まあ、いいや。……本屋の前をうろうろしてんのは、欲しい本があるからなんだろ? 買ってやるぜ」

「いえ、いまはそれほど、欲しい書物はありません」

「そうなのか？」

「はい」

「じゃあ、なにか美味《うま》いもんでも食わせてやるよ。義姉上の料理は不味《まず》くはねえが、たまには好きなもん食いてえだろ。なにがいい？　鰻《うなぎ》はどうだ？　いまが旬《しゅん》だぜ」

「これから学問所の講義です」

「だったら、講義が終わってからでも。……終わる頃、迎えに来てやるからよ」

「講義が終わったら、家に戻って復習いたします」

「なあ、おい、順――」

兄の腕をふりほどいて歩き出す順三郎の背に黎二郎は呼びかけたが、順三郎は足を止めず、振り向きもせずに足を速めた。

（ったく、いつまでも、子供扱いして……）

順三郎は少しく憮然としていた。

兄たちの過度な愛情に近頃違和感をおぼえはじめているると、はっきり自覚することはなくとも、なんとなく、うっすら感じている。その違和感がなんなのかまでは、わからなかったが。

三

「来嶋――来嶋順三郎」

講堂の前で脱いだ履物を揃えているとき、漢文の教授から不意に呼び止められた。

「はい？」

「講義の前に、ちょっと私の部屋に来なさい」

「え？」

順三郎は戸惑い、教授の顔を見返した。教授に呼ばれるなどというはじめての事態に驚き、余程激しい緊張の表情を浮かべていたのだろう。

「そんなに緊張しなくていいから」

教授は少しく微笑した。

「は、はい」

順三郎は内心の戦《おのの》きをひた隠しつつ、教授のあとについて行った。

（一体なんだろう？）

言い知れぬ不安で、どうかしてしまいそうだった。

（な、なにか、叱られるようなことをしたろうか？……『孟子《もうし》』も『中庸《ちゅうよう》』も、いつもちゃんと予習してきていたし、講義のあいだ、居眠りなどしたことは一度もないのに……）

殆《ほとん》ど泣きそうな気持ちで教授の部屋まで誘われた。

「座りなさい」

促されるまま、糸の切れた操り人形の如く、順三郎はその場に膝をついてガクリと座す。

「これは、先日きみが、漢詩の課題で提出したものだが――」

と、教授が順三郎の前に差し出したのは、数日前に提出した、「月」と題する七言《しちごん》律詩《りっし》にほかならなかった。

（これが、なにか？）

声には出さず、順三郎は問い返す。

（さては、蘇軾《そしょく》の『月夜、客と酒を杏花《きょうか》の下《もと》に飲む』をもとにしていることが露見したか……）

教授がまだなにも言わぬうちから、順三郎は懸命に思案を凝らす。

「多少の瑕瑾《かきん》はあるものの、なかなかよく書けておる」

「え？」

「蘇軾の詩を、よく勉強しておるのう」

「は、はい」

(やはり、元の詩はバレている……)

順三郎は内心ヒヤリとした。

「君は酒が好きかね」

「い、いえ……」

反射的に首を振った。勿論、酒などろくに飲んだことはない。参考にした蘇軾の詩がそうなっていたから、そっくり準《なぞら》えたまでだ。

(未だ未熟な部屋住みの身で、『友と酒を酌む』などと書いたのが不味《まず》かったのだろうか)

「わ、私は、未だ不調法な身ではありますが、そこは、想像いたしまして……」

順三郎が慌てて言い募ると、

「まあ、それはよい。……古来より、詩人は未だ見ぬ美女を想って詩を物するものだ。飲めぬ酒を、恰《あたか》も飲んだが如くに描くのもまた文学であろう」

静かな声音で教授は言い、順三郎を安堵させる。

「だが来嶋――」

順三郎の表情が僅かに弛《ゆる》みかけたその一瞬、教授ははじめて、鋭く彼を見据えて言った。

「これは、本当にお前が自分で書いたものか？」

（え？）

全く予想だにしない質問に虚をつかれ、順三郎は絶句した。

「この詩は、まことお前が自分で考えて書いたものかと聞いているのだ」

「私が……書いたものに相違ありませんが……」

順三郎はもごもごと応える。

「まことか？」

「はい」

「若年寄・京極高久《きょうごくたかひさ》様のご子息・京極孫四郎《まごしろう》殿が、これと寸分違《たが》わぬものを提出されておる」

「え？」

「そなた、孫四郎殿の詩を盗み見て丸写しにしたのではないのか？」

「…………」

「どうなのだ？」

「いいえ、違います」

厳しい口調で問い詰められ、順三郎は夢中で首を振る。

「本当か？ もし嘘であれば、学問所はじまって以来の不祥事じゃぞ、来嶋」

「…………」

「どうなのだッ」

「ち、違います」

更に厳しく詰問されて、順三郎の声は悲しく震えた。

「なにが違うッ」

「あ、あの……」

「そなたが孫四郎殿の詩を真似《まね》たのでなければ、何故全く同じ内容なのだ。おかしいではないか」

「わ、私は断じて、他人の詩を真似てなど……」

懸命に言い募ろうとすると、不覚にも涙が溢れた。

「断じて、他人様《ひとさま》の詩を写してなどおりませぬ」

順三郎は懸命に否定したが、信じてもらえたかどうかはわからない。

順三郎はその日講義に出席することを禁じられ、教授の部屋に留め置かれた。

「素直に認めれば、今回に限り、不問に付す」

という意味のことも言われたが、順三郎は終始口を閉ざしていた。

学問所の学生は皆元服している者が殆どだから、不祥事を起こしたからといって、保護者が呼ばれるようなことはない。ということは、本人が罪を認めるまで、詰問は続くということだ。

(これが不祥事というなら、一体私はどうなるのだろう)

目の前が真っ暗になると、先ず真っ先に浮かんだのは、母の香奈枝の顔だった。もしこのことを母が知れば、何と言うだろう。

「情けない、それでも来嶋慶太郎の息子ですか」

いつもどおり、一喝されるだろうか。

(私はやっていないのに……)

思うと忽《たちま》ち悲しみがこみ上げ、泣きそうになった。

「泣くな、順三郎」

太一郎の顔もすぐ脳裡に現れた。

長兄の落ち着いた声音を思い浮かべると、ほんの少しだけ、順三郎も落ち着きを取り戻す。

「順をいじめる奴はこの俺が容赦しねえぞ」

黎二郎は激しく憤慨していた。

子供の頃、順三郎が同じ年頃の子と喧嘩して泣いて帰ったりすると黎二郎は激怒し、仕返しに行った。挙げ句の果てに、やり過ぎてしまい、苛《いじ》めた子の家へ、太一郎が謝りに行くようなことも屢々あったが。

(学問所を辞めさせられたりしたら、母上にも兄上にも顔向けできない)

悲しみには辛うじて堪えたが、絶望には耐えきれず、ひと筋の涙がその頬を伝った。

自ら流す涙の冷たさに順三郎が戦《おのの》いた瞬間、バタバタと部屋の前に立つ足音がした。

「孫四郎殿……待たれよ、孫四郎殿」

更にそれを追うようにして複数の足音が殺到する。

「私です、先生」

「どういうことでしょうかな、孫四郎殿」

「どうもこうも、詩を丸写しにしたのは私のほうだと言ってるんですよ」

外から聞こえ来る言葉に耳を欹《そばだ》てるまでもなく、部屋の戸がガラリと開かれた。

「来嶋順三郎」

順三郎と同じくらいの年格好の若者が、順三郎に向かってその名を呼んだ。

「…………」

見覚えはあるが、言葉を交わしたことはない。いつも瀟洒《しょうしゃ》で上等そうな着物を着ているため、裕福な大家の子であろうとは予想していた。同じような身なりの者たち数人と連んでいるところを見たこともある。何《いず》れも、順三郎とは住む世界の違うご大家の子弟たちだろう。

「すまなかったな。おぬしの詩を丸写しにしたのは俺のほうだ。……漢詩の課題なんて、どうせ皆、同じようなものを書くだろうから、わからぬだろうと思っていたのだが。まさか、こんな騒ぎになるなんて、思いもしなかった」

「同じようなものというても限度がありますぞ、孫四郎殿。まさか、一字一句同じなどということがあり得ますか」

講義のときと同じく静かな声音ながら、離れていてもちゃんと耳に届くほどの強い語調で言ったのは、学問所の所長である大学頭だった。

「貴殿の戯《たわむ》れのせいで、真面目な学生が、難を被《こうむ》ることになったのですぞ」

「はい。申し訳ありません」

京極孫四郎は、大学頭に向かって素直に頭を下げた。

それから、順三郎は解放され、講義を受ける権利を取り戻した。

教授たちのあいだでさまざまに議論されたのだろうが、孫四郎の処分は結局保留となった。現職の若年寄の子息であるという点がおおいに考慮されたのはいうまでもないだろう。


「いや、本当に申し訳ない」

京極孫四郎は再度順三郎に頭を下げた。

若年寄の子息とは思えぬ腰の低さと愛想の良さに、順三郎はただただ呆気《あっけ》にとられる。丸顔で愛嬌のある顔だちは、一見童子《どうじ》のようでもある。

「悪気はなかったのだ」

(悪気がなくとも、こちらはとんだ迷惑を被ったんだ)

声には出さず、心の中でだけ、順三郎は抗議した。

「許してくれぬか」

「…………」

「どうしたら、許してもらえるだろう?」

重ねて問われ、順三郎は困惑した。

「ちょっと、よいだろうか?」

講義のあと、玄関口で草履《ぞうり》を履こうとしていると、不意に声をかけられた。相手が京極孫四郎だとわかると、順三郎はどう対していいかわからず、無言で相手を見返すしかなかった。

「貴殿には、申し訳ないことをした。どうか、お許し願いたい」

当惑するばかりの順三郎に向かって、孫四郎は深々と頭を下げた。それでも順三郎は何も言えなかった。

「なにを今更勝手なことを! 貴殿のおかげで、あやうく学問所を辞めさせられるところだったのだぞ」

と怒りを露わにすることもできず、さりとて、

「もう、すんだことです。お気になさらず」

と鷹揚な言葉を返すこともできず、ただ木偶《でく》の坊《ぼう》のように立ち尽くしていた。

「どうしたら許してもらえようか?」

と問われても、無論順三郎は答えられない。

(こんなとき、兄上たちならどうなさるのだろう)

答えに窮《きゅう》しながら、順三郎は咄嗟《とっさ》に考えた。生真面目で誠実な太一郎ならば、素直

に詫びる相手を目の前にすれば、

「どうかもう、頭をあげられよ」

と応えるだろう。

「ったくよう、なに考えてんだよ、てめえは」

口の悪い黎二郎なら、多少の苦情は漏らすかもしれないが、それでも最後には、

「もう、いいよ。何事もなかったんだし」

気持ちよく相手を許すだろう。二人とも、いつまでも恨みを心に留《とど》めるような人間ではない。

(では、私もそうしなければ……)

漸《ようや》くそのことに思い至り、孫四郎に向かって言葉を発しようとしたとき、だが、

「俺の父が、若年寄だということは知っているだろう？」

孫四郎がつと顔をあげ、順三郎に問うてきた。

「はい」

仕方なく、順三郎は応える。

「教授から、伺いました」

「三男坊なんだ」

「え？」

「名は孫四郎だが、俺は、実際には京極家の三男だ」

「そう……なのですか？」

引き込まれるように、順三郎は問い返した。

「ああ、すぐ上の兄は、生まれてすぐに亡くなったんだ」

「それで、孫四郎という御名に――」

「だから、あんたと同じく三男坊だ」

「…………」

「兄たちは、二人とも優秀だ。学問も武芸も、申し分ない。……俺とは出来が違う」

「そう……ですか」

「だからさ、見返してやりたくて――」

「え？」

「日頃から、何の期待もされていない出来損ないの三男坊だが、たまには親父を見返したくてな」

「見返す？」

「あんた、いつも熱心に勉強してるだろ。きっと、優秀なんだろうと思って――」

「…………」

「講義のあと、いつも教場に残って一人で勉強してる。……あの課題の詩も、いくつも作ってたよな」

「え？」

「そんな気はなかったんだが、つい見ちまって……あんなにいくつも作れるんだから、一つくらいいただいたっていいだろうと。……これまで、講義も殆《ほとん》ど出ていなければ、課題を提出したことなど、一度もなかったんだ」

「一度も……ですか？」

順三郎はさすがに呆れ声を出す。

「ああ、一度もだ。出したくとも、詩など作れぬし、他の課題だって、なにを書けばよいのか、さっぱりわからん。……もともと、学問にはむいてないんだ」

孫四郎の口調は少しも悪びれない。

「いくつもある中から、一つくらい拝借してもかまわないかと思っちまったんだ。まさか、あんたが同じのを提出するとは思わなかった。他にも、よさそうなのがあったし……」

「私の作った詩を、チラッと盗み見ただけで、すべて覚えてしまわれたのですか？」

「うん、まあ……」

「それだけ物覚えがよいのですから、学問にむいていないことはないと思いますが」

「そ、そうかな?」

「真面目に取り組めば、私などより、よほどお出来になるのではありませぬか」

「いや、それは無理だ」

「え?」

「その真面目に取り組む、ってのが、そもそもできないんだよ、俺は」

「できないって、やらないだけでしょう」

妙にしんみりした口調で述べる孫四郎を、更に呆れ顔で順三郎は見返した。

「なあ、順三郎」

ふと、馴れ馴れしい口調で孫四郎が呼びかけてきた。

「立ち話もなんだし、ちょっと一杯どうだ? 勿論、俺の奢《おご》りだ」

「いや、私は酒は不調法で……」

順三郎は即座に首を振った。

「なら、茶はどうだ? 茶ならいいだろう?……とにかく、行こう」

と強く促されて、順三郎ははじめて、自分たちが衆目を集めているということに気づいた。講堂の出入り口で立ち話しているのが若年寄の息子だからにほかなるまい。

「明神門を出たところの茶屋へ行こう。……行ったことあるか？」

「いいえ」

　当惑しながらも、順三郎は孫四郎に従った。

「可愛《かわい》い茶汲み娘がいるんだ。それに、団子が美味い」

　愉《たの》しげな口調で言う孫四郎の横顔を、半ば呆れて順三郎は見つめた。

　互いに、今日はじめて口をきいた間柄——それも、あんな経緯《いきさつ》で知り合った仲だということを、一体どう考えているのだろう。

　孫四郎の誘う茶屋へ向かう間、順三郎は絶えずそのことを考えていた。

（なんて図々《ずうずう》しい奴なんだ）

　という素直な結論に達したのは、件《くだん》の茶屋の床子《しょうじ》に腰かけ、孫四郎の言う可愛い娘が茶と団子を運んできたときのことである。だが、

「なあ、順三郎」

　孫四郎は再び馴れ馴れしく呼びかけ、

「友にならぬか？」

　順三郎が漸《ようや》く達した結論を瞬時に吹き飛ばすような言葉を平然と吐いた。

「え?」

「俺と、友になってくれぬか?」

恐いほど真っ直ぐな目で、孫四郎は順三郎を見つめた。

「お前、学問所ではいつも一人だろう」

と言い当てられ、順三郎は容易《たやす》く言葉を失う。図星だからだ。

「俺もだ」

孫四郎の口調は真剣そのものだった。

「でも、貴方様には既に何人も友が――」

順三郎の脳裡には、以前見た光景が――、身なりのよい同年代の若者と連れだって歩く孫四郎の姿が浮かんでいる。

「確かに、若年寄の子だということで近づいてくる者は少なくないが、そういう奴らは、俺が親から見放された出来損ないだとわかると、さっさと離れて行く」

「…………」

「親父を見返したい、と言ったのは本当だが、それ以上に、俺は友が欲しかったんだ」

「…………」

「なあ、俺と友になってくれぬか、順三郎」

恐いほどの真顔で、もう一度孫四郎は言った。だが、驚きが大きすぎてすぐには言葉を返せぬ順三郎の戸惑いを、拒絶と受け取ったのだろう。

「駄目かな……そりゃ駄目だよな。お前の詩を盗んで、我が物顔に提出したような卑《ひ》怯者《きょうもの》と、誰も友になろうなんて思わないよな。……重ね重ね、すまん。忘れてくれ」

言ってから、ひと息に茶を飲み干すと、孫四郎は威儀を正し、一礼した。

そのまま腰を上げかけるのを、

「ま、孫四郎殿」

順三郎は慌てて呼び止める。

「お待ちください」

「え？」

上げかけた腰を、孫四郎は途中で止めた。

「と、友に……」

「え？」

「わ、私の友になってくださいますかッ」

夢中で口走ってしまってから、順三郎は自分で自分の口にした言葉に驚いた。

(私はなにを言っているんだ)

「それはまことか!」

だが、そのことを反芻《はんすう》し、反省する暇は、順三郎にはなかった。

「嬉しいぞ、順三郎ッ」

忽ち満面を喜色に染めた孫四郎は、叫ぶように言いざま、順三郎の手をとった。

「あ、あの……」

強く手を握られながら、順三郎はただ戸惑い、言葉を失うしかなかった。

(友になる、って一体なんなんだ。相手は若年寄のご子息だぞ)

後悔したところで、あとの祭りだ。

四

「新しい用心棒はまだ見つからんのか、黎二郎?」

ふと箸を止め、太一郎は訊ねた。

黎二郎はそれを黙殺し、無心に飯を咀嚼《そしやく》している。

　夕餉《ゆうげ》の席に兄弟三人が並び、それを香奈枝が黙って見つめていた。といって、別に給仕をするわけではなく、給仕はいつもどおり、綾乃《あやの》の仕事だ。別室で一人食事を終えた香奈枝は、ただ部屋隅に座し、息子たちが食べる様子を見つめている――満足げな表情で。香奈枝のそんな表情が見られたことに安堵しつつも、太一郎は矢張《やは》り黙っていられない。

「おい、聞いてるのか、黎二郎――」

「おやめなさい、太一郎」

なお言いかける太一郎を、香奈枝が強く窘《たしな》める。

「黎二郎が我が家で食事をするのは一体いつ以来だと思います？」

「…………」

「少なくとも、もうかれこれ五年以上、私は黎二郎がこの家でものを食べているところを見ておりません」

「なれど、母上」

「わからないのですか。黎二郎がこの家で食事をするのはそれほど久しぶりなのですよ。ゆっくり食べさせてあげなさい、と言っているのです」

（この家の食事といったって、黎二郎がいた頃は母上が作っていたが、いまは綾乃が

作っているんだ。黎二郎にとっては懐かしくもなんともないだろうに）

「誰が作ろうと、この家で食べれば我が家の食事です」

太一郎が心中密かに発する不満を読み取ったかのように香奈枝は言った。

「おふくろ様には申し訳ねえけど、義姉上の飯のが数段美味いぜ」

「黎二郎ッ」

香奈枝は忽ち柳眉《りゅうび》を逆立てるが、無論本気で怒っているわけではないだろう。声音に険《けん》がなく、息子たちを見る目も穏やかだ。

以前香奈枝は、

「昔のように、仲良く兄弟揃って食事する姿を母に見せなさい」

と太一郎に命じたが、存外早く、その望みはかなった。満足していないわけがない。

「で、どうなのだ、黎二郎？」

その手応えを感じると、太一郎は再度、黎二郎に問うた。

「え？　なにが？」

「だから、伝蔵《でんぞう》親分の用心棒だ」

「ああ」

「なんだ、その他人事《ひとごと》のような態度は！　だいたいお前は——」

「やめなさいと言ってるでしょう、太一郎」

「しかし、母上、黎二郎が用心棒を辞めて家に戻らねば、いつまでたっても、立花家《たちばな》との結納《ゆいのう》が調《ととの》いませぬ」

「結納はいつでもよいのでしょう。問題は祝言《しゅうげん》の時期です。そのことを、立花様にご理解いただいた、と言ったのはそなたですよ、太一郎」

「それはそうですが……」

「それとも、あれは偽りだったのですか？」

「いえ、断じてそのようなことは……」

太一郎は箸を置き、香奈枝を見返しながら懸命に訴える。

「ならば、徒《いたずら》に黎二郎を急《せ》かすものではありませぬ。人の命がかかっていることなのですから」

「そうなんだよ、おふくろ様。なかなかいいのが見つからなくてよう。金目当てで集まってきても、俺と一合《いちごう》も打ち合えねえようななまくらばっかりだ」

茶碗の飯を平らげ、味噌汁も飲み干して箸を置いたところで、太一郎の気持ちを逆撫でするように暢気《のんき》な声音で黎二郎が言った。

「難しいんだぜ、腕の立つ浪人を見つけるのは。……見つからなきゃ、俺が続けるしかねえだろ」

「貴様はやはり、いつまでも引き延ばそうという魂胆《こんたん》で——」

「違うよ」

「いいや、違わぬ。貴様ッ」

「やめなさい、太一郎！」

香奈枝が鋭く太一郎を制する。

やや険のある声音だ。

「先ほどから、なんですか。食事の席で口にする話題ですか」

「しかし、母上——」

「黙りなさい」

香奈枝は厳しく言い放ち、その語気の強さに、太一郎は容易《たやす》く屈して黙り込んだ。

悄然と項垂《うなだ》れた太一郎を、心の底から気の毒だと、順三郎は思った。思ったが、なにも言う気にはなれなかった。ただ、

(母上は、やはり太一郎兄上には厳しく、黎二郎兄には甘い)

と確信した。

思ったことを口にする気力は、いまの順三郎にはない。ただ黙々と箸を動かすのが

精一杯だった。その箸も、ときに滞《とどこお》りがちになる。

「どうしました、順三郎?」

そんな順三郎の、常とは違う様子に最初に気づいたのは、やはり香奈枝だった。

「さきほどから、箸が止まっていますよ」

「え?」

無論、香奈枝に呼びかけられる前から、順三郎の箸は止まりがちだ。

「食欲がないのですか?」

「いえ、そんなことはありません」

「それに、顔色もすぐれませんね」

「いえ、決してそのような……」

口中《こうちゆう》に残る飯を味噌汁で飲み下してから、順三郎は慌てて否定するが、

(さすがは母上だ)

順三郎は内心舌を巻いていた。

日頃から、役者買いだの着道楽だの、遊興に耽《ふけ》っているように見えても、我が子のことはちゃんと見ている。

「そういや、さっきから元気がねえな。どうしたんだ、順」

母の言葉を承《う》け、黎二郎が忽ちあとに続く。

(よりによってこんな日に、なんで黎二郎兄まで家にいるんだ)

順三郎は心中密かに舌打ちしている。

黎二郎は母に似て、人の心の機微に鋭い。

「さては、学問所でなにかあったんじゃねえのか?」

案の定、鋭く言い当てた。鋭い指摘は、正直、順三郎にとっては有り難迷惑でしかない。何故なら、

「なに! 学問所でなにがあったというのだ、順三郎!」

黎二郎の言葉に反応した太一郎が、とどめを刺すように血相を変えることがわかりきっていたからだ。

「なにがあったか、話してみよ」

「なにもありません」

極力平静を装って順三郎は応える。

「なにもないわけがねえだろ。……さっきから、お前、全然飯食ってねえだろうが」

「…………」

「順三郎」

　香奈枝と太一郎は、ほぼ同時にその名を呼んだ。母と兄から名を呼ばれる、ただそれだけで、順三郎は居たたまれなかった。

「なにも、ありませんッ」

　茶碗と箸を膳に置きざま、順三郎は思わず声を高めて言った。

　昼間学問所で起こったことを、できれば家族に告げたくはない。だが、それを隠しおおすには、一体どれだけ覚悟を決めればよいのか。いや、如何《いか》に覚悟を決めたところで、順三郎の乏しい演技力ではたかが知れている。

（無理かもしれない）

　順三郎の決意は、脆《もろ》くも揺らいだ。

「私のことは、放っておいてください」

「放っておけるわけがないでしょう」

　息子の言葉が言い終えるかどうかというところで、間髪容《かんはつい》れずに香奈枝は言った。

「順三郎」

　そして再び名を呼んだ、重々しい語調で。

「我が子の身になにかあったとしたら、親が気を揉むのは当然でしょう。放っておけ、などという生意気な言葉は、親や兄たちに心配をかけぬだけの立派な大人になってから口にするものです」

「…………」

どこまでも厳しく決めつけられて、順三郎には返す言葉もない。

「一体、どうしたというのですか？」

「別に、なにも……」

「なにもなくて、食欲がなかったり、浮かない顔をしていたりするわけがないでしょう。だとすれば、病としか考えられませんよ」

「…………」

「病ならば、医師に診てもらわねばなりません。明日にでも、玄法《げんぽう》先生のところへお行きなさい」

母が、祖父の代からかかりつけの医師の名を口にし、

「順三郎」

二人の兄の呼びかけがピタリと重なった瞬間、順三郎は逃れられぬ己の運命を悟った。

(最早《もはや》、話すしかない)

観念した。そして、

「母上」

　思い決して口を開いた。

「それに、兄上――」

「なんだ？」

「どうした、順？」

「………」

　だが、兄たちの性急な問いかけに、忽ち気持ちが怯《ひる》んでしまう。

「はっきり言わぬか！」

「大きな声をだすのはおやめなさい、太一郎」

「そうだよ。あんまり順を追いつめんなよ、兄貴」

「追いつめてなどおらぬ。なにがあったか、尋ねているだけではないか」

「だからそれが、追いつめてるって言ってんだよ。だいたい、兄貴はなにかってえとすぐ眉間に青筋たてて……」

「なにを言うか！　俺は来嶋家の長男として、弟のことを案じているだけではないか」

「なにかってえと、長男長男て、うるせえんだよ――」

「なんだと、貴様ッ」

「やるか、この野郎ッ」

「二人とも、おやめなさいッ」

「と、友ができましたッ」

兄たちと母の言い合う声音を押し退けるように、思いきって、順三郎は言った。

「本日学問所で、あるお方と友になりました」

夢中で口走っていた。

「え、なんだって？」

「いま、なんと言うた、順三郎？」

「ですから、友ができたのですッ」

「友？」

母が少しく首を傾げ、

「はい」

順三郎は素直に肯《うなず》いた。

「友ができたのですか？　お前に？」

「はい」

「何処《どこ》の、なんという方です？」

「それは……」

性急な母の問いに、順三郎は気弱げに口籠《ご》もる。

「何処の誰とも言えぬようなお人と、友になったと言うのですか？」

「どうなのだ、順三郎？」

「いいじゃねえかよ、何処の誰だって。順が友だって言うなら、たとえどんな野郎でも、順の大事な友だろうぜ」

「なにを言うか、何処の馬の骨ともわからぬような者を友だなどと、以《もっ》ての外《ほか》だ」

「わ、若年寄、京極高久様のご子息、孫四郎殿です」

そのとき、母も、兄たちも、ともに一瞬間口を噤《つぐ》んだ。その一瞬の隙をつき、

「京極高久様のご子息と、本日友になりました」

威儀を正し、口調を改めて順三郎は言った。

覚悟していた。そのあと、矢継ぎ早に放たれるであろう母と兄たちからの問いに答える覚悟は、充分にできていた。

だが、問いを発する者はいなかった。重苦しい沈黙だけが、座を席巻《せっけん》した。

いつもなら、頼まずとも易々と喋ってくれる家族たちが、何故かこのとき、一言も

発してはくれなかった。

(何故、なにも言ってくれないんだ?)

その沈黙に耐えかねて、順三郎は泣きたくなった。子供の頃なら、彼が泣けば、太一郎も黎二郎も——香奈枝でさえもが、全力で慰め、宥めてくれた。果していまでもそうなるのか。いまでも順三郎は、彼らにとって、そういう存在なのか。

(試してみようか)

誘惑にかられながらも、順三郎には結局その勇気はなかった。試してみて、もし本当に、母たちが、あの頃と同じように順三郎を遇したら……。それはそれで恐かった。

だからただじっと息をひそめ、誰かがなにか言葉を発してくれるのを待つばかりであった。

第一章　密命下る

一

早くも遅くもない足音がヒタヒタと近づいてくるのを察して、太一郎はふと姿勢を正した。

(誰か、来る)

それまで読んでいた読本《よみほん》を閉じ、代わりに開いた日誌の下へ隠す。筆を執《と》り、紙面に、素早く今日の日付を書き入れた。

誰が来たとしても、とりあえず、仕事をしているそぶりは見せておきたい。

(来るな、来るな……)

足音が聞こえはじめてから近づいてくる間、絶えず心で願い続けた。

足音を聞いたときから、いやな予感がしていた。否、いやな予感しかしなかった、と言っていい。

(遂に、来たのか)

思いたくはなかった。だから、

(いつぞやのように、気の病で乱心した者ならいいのに……)

足音が近づいてきて、襖が開かれる寸前まで、太一郎はそんなことを願っていた。

カッ、
だが、襖が開かれ、部屋に入ってきたのは裃《かみしも》役の若い武士だった。

乱心しているようには見えぬ彼をひと目見た瞬間、

(遂に、来た――)

と覚悟しつつも、

(いや、いつぞやのお方も、見た目はいたってまともであられた)

なお、悪足掻《わるあが》きのように太一郎は願った。

「若年寄様からのお申しつけである」

若い裃役の武士が重々しく言い放った瞬間、太一郎の目の前は真っ暗になる。

「謹《つつし》んで――」

（せめて、楽なお役目であってくれ）

その場にサッと平伏しつつ、太一郎は願い続けている。

面倒な役目など、できればご免被《こうむ》りたいのが本音だ。だが、相手は太一郎の願いなど考慮してくれる筈もなく、

「このところ、江戸では、旗本相手に詐欺《さぎ》をはたらく輩《やから》が横行している。急ぎ調べて、できれば下手人《げしゅにん》を捕らえよ、ということだ」

祐役は、事務的な口調で淡々と述べた。

年の頃は二十歳そこそこ。若年寄の近侍《きんじ》であろうが、権高《けんだか》な感じは、若年寄の威光を笠に着てのことか、それとも余程大家の生まれ育ちなのか。仕方がないとは思うものの、さすがに愉快ではない。

「その、詐欺というのは一体どのような？」

「詳しいことは、目付《めつけ》から聞け」

「え？」

「なんだ？」

もう少し詳しい説明があるのかと思っていたのにいきなり突き放された。驚いた太一郎が思わず顔をあげると、厳しく睨みつけられる。

「なにか言いたいことがあるのか？」

「い、いいえ」

太一郎が慌てて叩頭《こうとう》すると、相手はどうやら満足したようだ。

「徒目付《かち》組頭、来嶋太一郎」

「はいッ」

「しかと、申し伝えたぞ」

「しかと、承《うけたまわ》りましてございまする」

太一郎は両手をついて更に深々と平伏した。もとより、平伏してそう応える以外に、彼に選択の余地はなかった。

願いが虚しく潰《つい》えたことを思い知らされながら、その若侍の足音が廊下の果てへと消え去ってゆくのを、太一郎は虚しく聞いていた。


高価な書画骨董と見せかけ、実は二束三文の贋作《がんさく》を売りつけて大金をせしめる、という詐欺が、近頃旗本相手に多発している、という。

体面を重んじる旗本たちは欺《だま》されたと判っても口外しないことが多いので、実際にはどれくらいの者が被害に遭ったか、正確な数はわからないようだ。それでは何故事が露見したかというと、なんと、欺して金をまきあげた詐欺の下手人たちのほうが話を触れまわったらしい、という。お高くとまった直参をまんまと欺してのけたことですっかりいい気になったのだろう。

旗本を欺して金をせしめた、という奸賊《かんぞく》どもの話が巷《ちまた》で囁かれるようになり、それがとうとう若年寄の耳にまで届くようになった。

由々《ゆゆ》しき問題である。

「はっきりわかっているだけでも、確実に四人の旗本が欺されている」

目付の一人が、乾いた声音で太一郎に告げた。

「放っておけば、今後も欺される者があとを絶つまい」

「なんでも、怖ろしくよくできた贋作らしいのう」

すると別の目付が、まるで世間話でもするように暢気《のんき》な口調で言葉を挟む。すると忽ち、目付らは太一郎の存在を忘れてしまったようだ。

「ああ、数寄者《すきしゃ》で知られた御大身の当主が、何人も欺されたそうじゃからのう」

「お気の毒とは思うが、我らとは、そもそも住む世界の違う方々よ」

「なにしろ、罅《ひび》だらけの茶碗一つに何十両支払っても惜しくないと思われるような方々じゃからのう」

「そのとおりじゃ、がらくたに大枚を投じるなど、まったくもって、気が知れぬわい」

「欺されるほうにも、問題があるんじゃ」

「なまじ金など持っておるから、欺されるのじゃろう」

「確かにのう。金がなければ、欺されることもないわい」

「ならば、我らは安心じゃのう」

「全くじゃ、ふははは……」

目付たちが無責任に放言する言葉と笑い声は、太一郎の頭の片隅を虚しく通り過ぎていった。

「あのう――」

太一郎は遠慮がちに言いかけるが、誰も耳を貸してはくれない。太一郎の存在そのものを忘れ果てた様子で、目付らは雑談を続けていた。

「あのう」

声を高めると、目付らは漸《ようや》く太一郎を顧みた。

「なんじゃ？」

「急に大きな声などだしおって」

不快を露《あら》わにする目付たちに向かって、

「その……贋作を売りつけた下手人どもを捕らえるには、どうしたらよいのでしょうか？」

太一郎は懸命に問うた。

「ああ、そなたは若年寄様の御用に就《つ》くのがはじめてであったな」

「組頭の役に就いたのも、ついこのあいだじゃったな」

「案じずともよい。組士《くみし》たちは万事心得ておる故、すべて組士らに任せればよいのだ」

「す、すべて、任せるとは？」

「すべてはすべてよ。命じれば、組士らはそのほうに従うであろう」

「命じるのでございますか？」

「当たり前だろう」

目付の一人が、厳しい目をして太一郎を見た。

「そなたは組頭だ」

「はい」

「組頭はなにもせず、組士どもに命《めい》を下すものぞ」

「そう……なのですか？」

太一郎が恐る恐る訊き返すと、

「心得ごとだぞ」

声を揃えて目付らは言った。

太一郎は無言で叩頭した。

納得はいかぬが、これ以上ここにいても、目付たちから有益な情報を得ることはできないだろう。

（結局、己の力でなんとかするしかないということか）

太一郎はつくづくと思い知らされた。

二

「だいたい、このような御用は、本来町方《まちかた》の者が務めるべきなのではありませぬか？」

組頭の詰所へ立ち寄り、同僚――というには些《いささ》か年のいった林彦右衛門《はやしひこえもん》と森久蔵《もりきゅうぞう》に向かって、太一郎は訴えた。

せめてこの二人にだけは、苦しい心中をわかってもらいたかったのだ。だが、

「町方には無理じゃ」

やや苦しげに眉を顰《ひそ》めながら、森久蔵は応えた。

「欺されたのは皆、大身のお旗本ばかりじゃ。目下《めした》の町方などに調べられては面目《めんもく》丸つぶれだろう」

「それは……」

そうだろうと思いつつも、太一郎は釈然としなかった。本気で下手人を捜し出したいのなら、こういう仕事に慣れた者がするべきではないか。

「それで、一体なにをどうすればよいのでしょうか」

内心の不満を抑え込みつつ、太一郎は組頭としても人間としても、ずっと先輩の二人に訊ねた。

「おお、そのことか」

「それなら、詰め所へ行って、徒目付たちに言いつければよいのじゃ。皆、この役に就いて長い者ばかりじゃ。すべて心得ておる」

「私は、命じるだけでよいのでしょうか?」

遠慮がちに問い返しながらも、

（この二人も、結局目付の方々と同じか）

太一郎は内心失望していた。

「そうじゃ」

「組頭は、命じるだけでよいのじゃ」

林と森は口々に応えた。

太一郎は、気が重くなる一方だった。

「心得ごとだ」

と目付たちに言われた。

すべてを心得た――この役に就いて長い者たちは皆、当然太一郎にとって年長者ばかりだ。若輩者が、年長者に向かって命《めい》を下すなど、厄介なことこの上ないではないか。

そして、太一郎が懸念したとおり、彼の配下の徒目付たちは話を聞くなり、揃ってあからさまに嫌な顔をした。

「何故我らが、御大身のお旗本がたの道楽の尻ぬぐいをせねばならぬのですか、組頭」

「金を欺し盗られたといっても、御大身のお旗本にとっては、端金《はしたがね》なのではありま

「それに第一、下手人どもを捕らえたからといって、騙し取られた金が戻るとは限りませぬぞ」

「…………」

さすがは内偵の仕事に慣れた徒目付たち、言うことが一々もっともだった。

「しかし、若年寄様直々《じきじき》のご命令では仕方ありませんな」

一番年嵩《としかさ》の組士が、座をまとめた後、

「お名前のあがっている方々への聞き込みには、若《わか》が行ってくださいよ」

どちらが上司かわからぬ口調で太一郎に言ってきた。

「え？」

太一郎は戸惑うしかない。

「我らのように身分の低い御家人《ごけにん》風情では、門前払いされるのが関の山ですからな」

「わ、私が方々《かたがた》の聞き込みに行くのか？」

「若ならば、一応お旗本であられます故」

「しかし……」

「よろしゅうございますな？」

強く念を押されて、

「あ、ああ」

不承不承《ふしょうぶしょう》に肯《うなず》いたものの、

「だが、本当に聞き込みの必要があるのか？」

なお食いさがるように太一郎は問い返した。

「当たり前です」

年嵩の組士は、得たりとばかり、更に強い語調で言い返す。

「贋作を売りつけたのがどのような人相風体《ふうてい》の者だったか、実際に会うた者に訊かねばどうにもならぬではありませぬか」

これだから素人は困る、と言わんばかりの口調で決めつけられ、太一郎は窮した。

日頃から、ただでさえ馬鹿にされているというのに、とんだ失言をしてしまった。

深く己を恥じたところへ、

「心得ごとですよ、若」

とどめの一言だった。

（駄目だな、俺は……）

深い自己嫌悪に陥りながらお城を出た太一郎は、重い足どりで目的地へと向かうしかなかった。

　数日間通い詰めたが、贋作を売りつけられたという旗本の当主たちとは、結局会うことはできなかった。

「徒目付組頭、来嶋太一郎」

　という身分と名を告げた途端《とたん》、どの家でも申し合わせたように、

「ただいま主人《あるじ》は他行中《たぎようちゆう》にござる」

の一点張りで、とりつく島もない。

「ではお帰りまで待たせていただけまいか」

　と食い下がったが、

「お帰りの刻限がわかりませぬ故、一旦お帰りくださいませ」

　邸内に入れてももらえなかった。何《いず》れ居留守であることはわかりきっている。

（結局「旗本」の俺でも、門前払いじゃないか）

　内心泣きたくなる一方で、

（目利きでとおっている者が、騙《だま》されて贋物を摑まされたなどと、おおっぴらにはされたくないのだろうな）

彼らの気持ちも理解できた。

とまれ、あっさり目的を失った太一郎は途方に暮れるしかない。

(このまま手ぶらで戻れば、組士たちにも、森殿と林殿にも嗤《わら》われるのだろうな)

と思うと、足どりは一層重くなる。

行く先がない以上、城に戻り、下城の時刻までいつもの部屋に座っているべきなのだが、どうしてもその気になれない。

(明日また出直すしかないな)

重い足を引き摺るように歩いていると、不意に太一郎はいやな気を感じ、足を止めた。

シャッ、
間一髪《かんいっぱつ》のところだった。

もし足を止めていなければ、次の瞬間、太一郎の体は一刀両断されていただろう。

黒覆面をした大柄な武士が不意に物陰から現れ、声もなく抜き身の大刀を振り下ろしてきたのだ。

刃を躱《かわ》された男はすぐに手元で刀を返し、更に斬りつけてくる。

「ちっ」

太一郎は大きく後退《あとずさ》ってそれを避けた。

あたりはまだ充分に明るいが、旗本屋敷の長い土塀が数町あまりも続くせいか、視界の何処《どこ》にも人影はない。おまけに、道端にはところどころ枝ぶりのよい翌檜《あすなろ》の木が植えられている。人を待ち伏せ、襲うには手頃な場所だ。

(矢張《やは》りな)

太一郎にもある程度予想はついていた。

彼を待ち伏せ、その命を狙ってきたのは、おそらく、彼が話を聞きに行き、門前払いを食った旗本家の手の者だろう。外聞《がいぶん》を憚《はばか》る名家・大家にあっては、人聞きの悪い事実が外へ漏れることをなによりも恐れるものだと、公儀御庭番黒鍬《くろくわ》組の出海《いずみ》十平次《じゅっぺいじ》から教えられた。また、

「主命とはいえ、近頃の武士は命を惜しみます。中には、少し脅せば逃げ出す者もおるでしょう。決して弱腰にはならぬことです」

とも、十平次は言った。

それ故太一郎は覚悟を定め、刀の鯉口《こいぐち》を切った。毎日腰にさしてはいても、城勤めの太一郎に刀を抜く機会など、殆どない。実際に抜き身の白刃を手にするのは数えるほどの経験だった。

それを気取《けど》らせぬ為様《しざま》で素早く大刀を抜くと、青眼《せいがん》に構えてその切っ尖《さき》を相手に向けつつ、

「徒目付組頭、来嶋太一郎と知ってのことかッ」

語気鋭く、太一郎は怒鳴った。

「苟《いやしく》も、ご公儀のお役目に就くこの身を狙うとは、将軍家のご威光を畏《おそ》れぬ謀反人の仕業かッ」

「…………」

頭ごなしに怒鳴りつけられて、相手は明らかに狼狽《ろうばい》していた。

大方《おおかた》、日頃は城の中に終日座っているだけの小役人だから、恐れることはない、とでも言い含められてきたのだろう。小役人の太一郎をなめきっていた。一人で来たのがその証拠だ。

ところが、いざ白刃を抜いて対峙《たいじ》した太一郎には、一分《いちぶ》の隙もない。

「どうだ、謀反人よッ」

「…………」

黒い布で顔を覆っているが、覆面の中のその顔は、蓋《けだ》し畏《おそ》れに染まっているであろう。身の丈六尺ゆたかの大柄な体が、目に見えて揺らいだのは狼狽《ろうばい》している証拠であ

った。

それを充分承知した上で、

「聞け、謀反人」

口調を改め、太一郎は言った。

「私は役儀によって事《こと》の次第を調べているだけだ。故に、役儀によって知り得たことは、断じて他言はせぬ」

「…………」

「それでも私を斬りたいか？」

「…………」

「それでも斬ると言うなら、容赦はせぬ。かかってくるがよいッ」

一歩踏み出しざま太一郎が言うと、黒覆面の武士は後退し、後退しざま踵《きびす》を返した。

即ち、太一郎に背を向けて走り出すために――。

（ったく、話を聞きに行っただけで命を狙われるとは……）

走り去る黒覆面の男の背をぼんやり見送りながら、太一郎は深く嘆息した。もし敵が一人ではなく複数だったら、いま頃太一郎は息をしていなかったかもしれない。さすがに動悸が速まっていた。

三

「兄貴」

行くあてもなく市中を漫《そぞ》ろ歩いていたら、不意に背後から肩を叩かれた。

声を聞いたその瞬間から、相手が誰か、太一郎には勿論《もちろん》知れている。

「黎二郎」

わざわざ顧みずとも、半歩後ろに、瀟洒な青地錦の着流しを纏《まと》った長身の武士が怠惰な懐手《ふところで》をしていることは明らかだった。

「なにをしている、こんなところで――」

「それはこっちの台詞《せりふ》だぜ。非番でもねえのに、こんな時刻から盛り場をうろついてるなんざ、兄貴らしくねえな。勤めはどうしたんだよ？」

「…………」

盛り場という言葉を耳にして、太一郎ははじめて、自分がいま何処にいるのかを認識した。

見れば、道の両側には露天の屋台が建ち並び、通りは人波で溢れている。

（いつの間に……）

縁日で賑わう神田明神下の参道にまぎれ込んでいた。

「どうした、兄貴、浮かねえ顔して？」

「別に……」

「なにかあったのかい？」

「なにもない」

「って面《つら》じゃねえぜ、どう見ても」

「余計なお世話だ」

「だったらいいけど、まさか家でも毎日そんな面してんじゃねえだろうな」

「………」

「図星かよ」

「だったらどうだと言うのだ」

「おふくろ様や義姉《あね》上がその顔見たら、どう思うか、わかってんのか？」

「え？」

「なんでも悪いほうに想像する義姉上だったら、又候《またぞろ》兄貴が外に女作ったんじゃねえかって心配するだろうが」

「馬鹿を言え。綾乃は聡明な女だ。何度も同じ思い違いをするものか」

人波の流れに身を任せて歩を進めながら太一郎は応えていたが、応えつつふと首を傾げた。

「それよりお前、どうして、俺が今日非番ではないことを知っている？」

「どうしてって、そりゃあ……」

「まさかお前、母上に言いつけられて、またもや俺のあとを尾行《つ》けまわしていたわけではあるまいな？」

「そんなわけねえだろ」

黎二郎は強く否定した。

否定したものの、太一郎の疑いも、強《あな》ち的外れというわけではない。

黎二郎が香奈枝から命じられたのは、太一郎ではなく、実は、順三郎のあとを尾行けることだった。いや、母に命じられずとも、自発的にそうするつもりではあったが。

先日、順三郎は、若年寄の子息と友になったと家族に告げた。長兄に似て馬鹿正直が取り柄の順三郎が嘘をつくとは思えなかったが、頭から信用したわけでもない。なにより、人を疑うということを知らぬ順三郎だ。悪心を持って近づいてきた者に欺されぬとも限らない。

「順三郎の様子に変わりがないか、気をつけてやっておくれ」

と香奈枝に言われるまでもなく、黎二郎はそうするつもりだった。

黎二郎は以前、香奈枝に命じられ、太一郎の下城後、彼のあとを尾行けていたことがある。それ故太一郎は、不意に現れた黎二郎が自分を追ってきたのかと疑ったのだろう。

その疑いを晴らすために、真実を話すべきかどうかしばし逡巡した後、

「順に聞いたんだよ」

とりあえずこの場を取り繕って誤魔化《ごまか》す道を、黎二郎は選んだ。

「順三郎に？」

「ああ、さっき、昌平橋ンとこで会ったんだよ」

「そうか」

「そんなことより、こんなところをうろついてると、おふくろ様と出会《でくわ》すかもしれねえぜ」

「え？」

「あのひとが、明神様の縁日に出て来ねえ筈がねえだろう」

「そ、そうなのか？」

太一郎は思わず黎二郎の顔を見返した。

顔から、忽ちにして血の気のひく思いがする。

こんなところで香奈枝と出会せば、それこそなにを言われるか、想像するだに怖ろしい。

「そなた、勤めに行くと偽り、遊び呆けておったのか？」

と言ってもらえれば幸甚《こうじん》だが、あの聡明な母が、間違ってもそんな風に思うわけがない。太一郎の役目柄からいって、ある程度その詳細を想像することも可能な筈だ。

「内偵の命《めい》が下ったのですね？」

母は当然そのことに思い当たる。

「どのようなお役目なのです？」

問われたならば、言い逃れる自信はなかった。

（ならば、見つからぬうちにこの場をはなれねば……）

思うと同時に、太一郎はその場でクルリと踵を返した。

だが、その途端、

「太一郎――」

いまここで最も顔を合わせたくない人から、名を呼ばれる羽目に陥った。

「こんなところで、なにをしているのです？」

藤色地に裾《すそ》模様の真新しい着物を着込んだ香奈枝が、人波をかき分けてつかつかと近づいてくる。

「母上」

「下城の時刻にはまだ少々――いえ、かなり早いようですが」

「いえ、あの……私は……」

太一郎は容易く口ごもる。

「わかっていますよ」

だが香奈枝は、嫣然《えんぜん》微笑んで言った。

「お役目の途中なのでしょう」

「え？」

「昨日、林様の奥方様から伺いましたよ。若年寄様直々《じきじき》の密命を請けたそうですね」

「は、林殿の奥方様から？……そ、それはまことですか？」

母の言葉に、太一郎は仰天する。

（密命だぞ、密命。それをあっさり、妻に話すのか、林殿は。しかも、ご妻女はそれを易々《やすやす》と隣家の者に……）

驚き、呆れた太一郎の心中などには、無論香奈枝は無関心である。

「そんなことより、算段はついているのですか？」

「え？」

「どうすれば、このお役目を果たせるかという算段ですよ」

「…………」

「なんの考えもなしに、そうして市中をうろついているのですか」

「別に、うろついているわけではありませぬ。これもお役目でございます」

「なるほど、贋作を売りつけられたお歴々のお宅をまわっているというわけですか」

「は、母上、このようなところで……」

すらすらと香奈枝が口走る言葉を、必死で止めようと太一郎は焦った。

「誰に聞かれるか……」

「誰に聞かれたとて、どうということはないでしょう。誰も、意味がわからないでしょうから」

事も無げに、香奈枝は言った。

「それより、お前はなんです、黎二郎」

ふと、傍らに立ち尽くす黎二郎を顧みた。

「…………」

　黎二郎は絶句した。

　彼には彼の密命がある。しかも命じたその人に、懶《なま》けていると思われかねないところを見られてしまった。

「なにって、俺はたまたま、ここで兄貴に出会っただけだよ。……これでもいろいろ忙しいんだよ」

　言うなり黎二郎は踵を返し、

「じゃあな、兄貴」

　青地錦の裾を翻《ひるがえ》して小走りに去った。長身の背は、見る見る人波に呑まれてしまう。

「おい、黎二郎……」

　太一郎は呆然とその背を見送った。

「困った子です。……あんな調子で、本当に婿《むこ》入りできるのか」

「まったくです。私からも、厳しく言い聞かせておきます」

　動揺を隠しつつ、太一郎は母の言葉に同意した。黎二郎が去ってしまった以上、一人で母の相手をせねばならぬことに、少なからず懼《おそ》れをいだきつつ――。

四

「旦那」

縁先に寝ころんでうとうとしていた徹次郎の耳許に、お由が甘く囁いた。

「ん」

「耳掻きしてあげましょうか？」

「ああ、頼む」

お由の膝に、徹次郎は自ら頭を載せる。その柔らかさに忽ち陶然となり、耳を触られる前に、心地よい睡魔に襲われてしまう。巳《み》の刻過ぎに床から出ても、何一つ為すべきことがないときは終日家でゴロゴロしている。怖ろしいことに、為すべきことのない人間の体は弛《ゆる》みきっている。寝ても寝ても、なお眠いのだ。

「あら、誰か来たみたい」

ふと耳を欹《そばだ》てて、お由は徹次郎の頭をそっと膝からおろす。

「いいよ、出なくても。どうせ、招かれざる客だ」

「そんなこと言って、この前だって、嬉しいお客さんだったじゃないですか」

と腰をあげ、玄関のほうへと去ってまもなく、

「黎二郎さんがいらっしゃいましたよ」

戻ってくるなり、お由は意外なことを言った。

いまにも心地よい眠りに堕《お》ちそうだった徹次郎の意識は、それで忽ち引き戻される。

「黎二郎が？」

徹次郎は思わず問い返す。

太一郎は長男なので、折にふれ時候の挨拶に訪れることはあるが、それ以外来嶋家の者がここを訪れることは滅多《めった》にない。中でも黎二郎は、どこか徹次郎を敬遠しているふしがあった。おそらく、徹次郎が香奈枝に対して懐《いだ》く想いに、早くから気づいてもいたのだろう。そんな黎二郎が、自ら叔父《おじ》を訪れるとは、どういうことだろう。

（一体なんの用だ？）

訝《いぶか》りながら身を起こして座敷に行くと、黎二郎が不機嫌な顔で座っていた。

黎二郎が徹次郎を苦手《にがて》としているのと同じ理由で、徹次郎もまた、この自堕落な来嶋家の次男を苦手としていた。

「叔父上」

黎二郎は威儀を正し、徹次郎に向かって一礼した。

「本日は、叔父上に些《いささ》かお願いがあって参りました」

「なんだ?」

無頼の黎二郎にしては礼儀正しい物腰とその言葉つきに、徹次郎の警戒心は自然と強まる。

(馬鹿正直な太一郎と違って、こいつはなにを考えてるのかさっぱりわからん)

しばし言葉が途切れたところへ、折良く、お由が酒肴を運んできた。

徹次郎が命じているわけではないが、お由とは決して短くないつきあいである。昼でも夜でも、訪問者があれば茶菓ではなくて酒を出すべきだと考えているのだろう。そんなお由が、唯一太一郎が来たときだけは珍しく茶を出していたことを奇異に思ってあとで訊ねると、

「あんな真面目そうなお方に、朝っぱらからお酒なんか出せるわけないじゃありませんか」

と答えたから、さすがは元芸者、人を見る目がある、と感心したものだ。同じ甥《おい》でも、こっちは酒を出してもよい相手だと、瞬時に見抜いたものだろう。

「まあ、飲め」

「いただきます」

徹次郎が勧めると、黎二郎は僅かも遠慮する様子を見せずに盃《さかずき》をとり、注がれるままに飲み干した。

「叔父上も――」

徹次郎の手から徳利を取り上げ、慣れた手つきで注いでくる。互いに何度か杯を重ねた。

酒が入れば、いやな感じも多少は薄れる。

「しかし、なんだな。お前も婿入りが決まり、すっかり旗本の子息らしくなったではないか」

「そうですか」

「三日とあけず悪所《あくしょ》通いしていた放蕩児も、とうとう年貢を納めたか」

「…………」

徹次郎の軽口に、黎二郎はやや眉を顰めたが、喉元にこみ上げる言葉は呑み込んだ。

「それがしは、何《い》れ《ず》他家へ養子に行くべき身。来嶋の名を捨てねばなりませぬ」

「大袈裟ではないか」

「そう思われますか？」

不機嫌な感情を隠そうともしない黎二郎の言葉に、徹次郎は閉口する。わざわざいやな顔を見せにやって来る神経が知れない。

「で、一体なんなのだ、儂《わし》に頼みとは?」

「それがしが立花家の養子に入ったあと、ときどき、順三郎に小遣いをやってはくれませぬか?」

「え?」

「婿入りするためには博徒の用心棒をやめねばなりません。そうすると、順に小遣いをやることができなくなるのですよ」

「なるほど」

「そうすると、おふくろ様の着物代や芝居見物の折の茶屋への払いも、最早《もはや》都合できません」

「え?」

徹次郎はさすがに驚き、黎二郎を凝視する。

「順三郎の小遣いなどはたかが知れておりますが、おふくろ様の遊興費は、ちょっと厄介で、叔父上にお願いするのは心苦しいのですが……」

「か、香奈枝殿の衣装代やらなにやらも、お前が払っておったのか?」

「兄貴の安俸禄で、あんな贅沢させられるわけがないでしょう」

「…………」

「ましてや、兄貴には守らなきゃならない家族もいるんですから、おふくろ様の遊興三昧《ざんまい》にまで、手が回りませんよ」

「黎二郎、お前――」

徹次郎は、しばし言葉を失った。

「まさか、香奈枝殿の遊興費を稼ぐために、博徒の用心棒などしておったのか？」

「まさか。自分の遊ぶ金欲しさですよ」

黎二郎は苦笑を漏らして即答した。

答えつつ、実は注意深く部屋のあちこちに視線を巡らせている。黎二郎は日頃から高級料亭などにも出入りし、そういうものを見馴れているから、そこそこ目が肥えている。早咲きの梅を生けた清水《きよみず》の花器、違い棚に飾られた絵付けの皿など、決して安い品ではない。

特に目を惹かれたのは、徹次郎が背にした床の間を飾る古い水墨画の掛け軸だった。

「ですから叔父上、それがしの代わりに、おふくろ様と順に用立てていただけるとありがたいのですが。……幸い、寺子屋の師匠の実入りは、かなりよいようですし――」

「馬鹿を言え。あんなもの、ほんのお遊びだ。通ってくるのは貧乏人の子ばかりだぞ」

「では、なにかよからぬことをしておられるのですか？」

「言っておくが、さっきからお前がじろじろ見ているその雪舟は贋物だぞ。古い友人が、借金のかたに置いていった。気の毒なので、贋物だとは言えず、そのまま預かったのだ」

「贋物？……では、その古いご友人は、はじめから叔父上を欺すつもりで……」

「いや、何処で手に入れたかは知らぬが、当人は本物と信じていたのだろう。よくできている」

「…………」

「お前が思うほど、俺は裕福ではないよ」

「そうなのですか？」

黎二郎は半信半疑で問い返す。

「だが、順三郎の小遣いくらいはなんとかしよう。香奈枝殿の御衣装代は……まあ、額にもよるが……」

口ごもりながらも徹次郎は言い、空のままの黎二郎の盃にやおら差しかけた。その盃をゆっくりと干してから、黎二郎は叔父の盃に注ぎ返す。

「おふくろ様の遊興費が手に余るようなら、これ以上は浪費をさせぬよう、説得するしかありませんが——」

「う……む」

「叔父上にお願いできますか？」

「え？」

「おふくろ様の浪費を、やめさせることですよ」

「それは……」

徹次郎は容易く応えに窮する。

（言えるわけねえな）

香奈枝に対してまともにものが言えるような徹次郎なら、とっくに彼女を娶《めと》っていただろう。

（おふくろ様の言いなりだもんな）

そんな徹次郎を、黎二郎は冷ややかに見据えている。

「ところで、叔父上は、ご存知なんでしょう？」

盃を膳に置くと、黎二郎はふと口調を変えて徹次郎に問いかけた。

「なにをだ？」

「おふくろ様が、世間の物笑いになるほど、毎日遊びほうけていなけりゃならない理由ですよ」

「………」

盃を持つ徹次郎の手が瞬時に凍りつく。

徹次郎は無言で黎二郎を見返した。動揺していることを見抜かれまいと平静を装い、表情を変えぬよう努《つと》めるほど、己の顔色が変わってしまうことに、果たして徹次郎は気づいているのか。

「お人好しの兄貴は巧く丸めこめたかもしれねえが、俺は兄貴とは違いますよ。聞かせてもらうまで、帰りませんからね」

「なんの話だ」

徹次郎は辛うじて言葉を吐き出した。

「太一郎がご城内にてなにやら聞き込んできた件なら、香奈枝殿にも厳しく窘《たしな》められたのであろうが。それを、なんだ、お前まで」

「おふくろ様には、叔父上から聞いたとは絶対に言いませんから」

「………」

言葉に詰まった徹次郎の面上に、忽ち困惑の色が滲む。

「おふくろ様には黙ってるし、話の内容によっちゃあ、兄貴にも言いませんよ。それならいいでしょう？」

苦悶の表情は浮かべるものの、徹次郎は頑として言葉を発さない。

（見かけによらず、手強《てごわ》いなぁ）

黎二郎も内心困惑している。

黎二郎の、徹次郎に対する印象は、女好きの軟弱者といった程度のもので、こちらが強気で食いさがれば、易々と話してくれるだろうと踏んでいた。黎二郎の認識は全く甘かった。

「どうしても、聞かせちゃもらえねえのかな」

焦燥してきた証拠に、黎二郎の言葉つきからは、最早付け焼き刃の敬意は消し飛んでいた。

「おふくろ様のあの道楽が、世間の目を眩《くら》ますための擬態なのは間違いねえよな、叔父上？……おふくろ様は元々あんな女じゃなかった筈だ」

「………」

「一体なんのために、おふくろ様は女大石内蔵助《おんなおおいしくらのすけ》を気取ってるんだよ？」

「女大石だなどと……大袈裟な。香奈枝殿も、兄上を……夫を亡くしてお寂しかったのであろう」

「だったらなんで、親父が死んですぐ浪費家にならなかったんだ？　おふくろ様の道楽はこの数年のことだ。つまり、兄貴が家督を継いで城勤めをはじめた時期だよな」

「知らぬ。……香奈枝殿が好きでしていることだろう」

「じゃあ、いいや。直接おふくろ様に訊くよ」

「な、なにを訊くというのだッ」

「決まってんだろ。母上は、親父が死んじまって淋しいから、役者買いで自分を慰めてるのか、って——」

「だ、駄目だッ、そんなこと！　お前、自分の母親に、そんな無慈悲な言葉をかけるのかッ」

悲鳴にも似た声音で、叫ぶように徹次郎は言った。言ってしまった時点で、負けた、といっていい。

「じゃあ、一つだけ教えてくれよ」

内心ニヤリとほくそ笑みつつ、

「空蟬《うつせみ》殿ってのは、一体何処《どこ》の誰なんだ？」

黎二郎は遂にその切り札をきった。

「なに？」

徹次郎の顔色が、更に一変した。

動揺とも困惑とも違う、血の気がひくほどの驚愕の表情であった。

（あの夜の、おくふろ様の言葉……あれはやっぱり、聞き間違いじゃなかった。あのとき、おふくろ様は確かに、空蟬殿と言い、すぐに闇公方《やみくぼう》様と言い直した。俺は確かに聞いたんだ）

問題は、黎二郎がその名を口にしたときの、徹次郎の驚愕ぶりである。

（それほどの、秘事か）

母も叔父も隠そうとし、実際十五年ものあいだ隠し通してきた秘密を、果たして容易く掘り起こしてよいものか。

黎二郎はさすがに不安になった。

それを知ることで、自分は勿論のこと、太一郎や順三郎もまた、これまでの平穏な日々を失うことになるかもしれない。それ故にこそ、母は隠したのではないか。だが、

（それを知らねえうちは、俺は養子になんぞ行けやしねえ。来嶋慶太郎の息子としての、それが俺のけじめってもんだ）

もう一人の黎二郎が、強く主張していた。

平穏な幸せをかなぐり捨ててでも、真実を知らねば武士の一分《いちぶん》がたたぬ。もう一人の自分が、そう言い張っている。

日頃は酒と女で宥《なだ》め賺《すか》し、寝かしつけていたもう一人の自分が、とうとう目を覚ましてしまった。厄介なことに、一度目を覚ますと、納得するまで、金輪際《こんりんざい》眠りについてはくれないらしい。

「すまねえな、叔父上。あんたのその様子を見りゃあ、『空蝉殿』とやら呼ばれる御《ご》仁《じん》が実在することは間違いなさそうだ。……あんたから全部聞いてきたとおふくろ様に鎌を掛けて、おふくろ様からすべて聞かせてもらうとするよ」

立ち上がり、そのまま、そそくさと立ち去ろうとする黎二郎を、

「ま、待て、黎二郎ッ」

徹次郎は、慌てて呼び止めた。

「香奈枝殿に訊《たず》ねてはならぬッ」

実際、咄嗟に腕を伸ばし、黎二郎の裾を捕らえた。

「なんだよ。放してくれよ。家に帰って、おふくろ様に訊かなくちゃ」

「儂が話す」

「え？」

「儂が話すから……香奈枝殿の口から、事の次第を語らせるなど、そんなむごいこと、あってはならぬッ」

徹次郎は夢中で口走り、黎二郎に縋《すが》りつかん勢いで押しとどめた。

「話して……くださいますか？」

その勢いに些《いささ》か気圧《けお》されながら、黎二郎は内心ホッとした。香奈枝を騙して話を聞き出すなど、彼とて全く気が進まないし、上手《うま》く聞き出せる自信もなかった。だが、空蟬殿とやらの正体とともに、亡父の死の真相はどうしても知らねばならない。たとえそれが、来嶋家の人々の運命を一変させるものだとしても——。

第二章　妻の想い

一

「綾乃殿」

不意に名を呼ばれ、綾乃ははっと我に返った。

「義母上《はは》様」

狼狽《うろた》えつつも、香奈枝を見て、綾乃は咄嗟に姿勢を正す。夫を見送ったあと、千佐登に朝餉《あさげ》を与えつつ自らも食べて後片付けをし、一息ついたところでぼんやりしていた。千佐登が庭先で遊ぶところを見ていた筈だが、いつのまにか千佐登の姿は消えている。

「あの……」

「千佐登なら、遊び疲れてお吉《よし》が寝かしつけましたよ」

「申し訳ありませぬ。私、ぼんやりしておりまして……」

「もう、ぐっすり寝ています」

慌てて立ち上がろうとする綾乃を、香奈枝は止めた。

「ちょっと、出かけませんか？」

「え？」

「たまにはいいでしょう。今日はよいお天気ですし」

「…………」

「木戸銭《きどせん》を払っての幕見《まくみ》なら、この時刻からでも入れますよ」

「お芝居ですか？」

綾乃は大きく目を見張る。

芝居見物くらい、大奥のお中﨟《ちゅうろう》だってする。綾乃も、実家にいた頃一度か二度は芝居小屋に行ったことがあるだろう。だが、来嶋家に嫁いでからは、時候の挨拶のために里帰りする以外、殆《ほとん》ど外出らしい外出はしていない。

一緒に芝居に行かないかと何度か誘っていたが、その都度やんわりと断られてきた。

新婚の頃には、両国の花火など、太一郎とともに出かけることを勧めてきたが、やがて子が生まれてしまうと、その世話をするという理由で、綾乃は外出を拒んできた。近頃では、実家への里帰りさえ、滞《とどこお》りがちになっている。

香奈枝は、そんな綾乃をなんとかして外へ連れ出したかった。

「お芝居がいやなら、縁日はどうです？　今日は富岡八幡《とみおかはちまん》の縁日ですよ」

「………」

「いやですか？」

「いえ……でも、千佐登がいつ目を覚ますかわかりませんし、それに、義母上様がお出かけになるのに、私まで家を空けましては……」

「千佐登にはお吉がついているのだから大丈夫です」

「………」

「武門の守護神である八幡様をお参りするのも、武家の妻の務めですよ」

なお逡巡する綾乃に強く言い、閉口《へいこう》する息子の嫁を、半ば強引に、香奈枝は連れ出した。

神田鍛冶《かじ》町にある来嶋家から深川《ふかがわ》まではちょっとした距離だが、寧《むし》ろそれが狙いであった。いまは綾乃を、少しでも家から遠ざけてやりたいのだ。

通称深川八幡こと、富岡八幡宮は、寛永《かんえい》四年、御神託によって、当時永代島《えいたいじま》と呼ばれていた現在の場所に創建された。武家の頭領である源氏《げんじ》の氏神《うじがみ》を祀《まつ》っているということで徳川《とくがわ》将軍家からは手厚く保護され、世に「深川の八幡様」と親しまれている。

月に三度の縁日には、江戸中から人が集まってきて、それこそ祭礼のような賑わいをみせる。御本殿から大鳥居《おおとりい》まで続く参道には無数の屋台が立ち並び、その活気は、恰《あたか》も、早朝の市場のようでもあった。

「すごい人出でございますね、義母上様」

人波に揉《も》まれて漸《ようや》く辿り着いた御本殿の前で、綾乃は深く嘆息した。

「人混みは苦手ですか?」

「いえ……」

綾乃は気弱く口ごもる。苦手もなにも、こんな人混みに足を踏み入れた経験など、これまで一度もなかったに違いない。

人波に押し流されるようにして御本殿まで辿り着き、無事参拝を終え、再び人波に押し流されているとき、

「義母上様、ありがとうございます」

香奈枝の耳許に、綾乃が不意に囁いた。

「え？」

「太一郎様の御武運をお祈りすることができました」

少しく華やいだ、小娘のような声音であった。

「太一郎の武運だけを祈ったのですか？」

「はい」

「本当に？」

「それと、皆様のご健康を……」

「それだけ？」

香奈枝が執拗に問い続けると、

「いえ……」

綾乃は両頰を火のように染めて俯《うつむ》いてしまう。

羞恥に染まった綾乃の表情から、彼女がなにを祈ったか、香奈枝にはお見通しだった。

「お神籤《みくじ》をひいて行きましょうか。ここのは当たると評判ですから」

「はい」

綾乃は素直に従った。

お神籤をひくのが嫌いな女はいない。しかし綾乃は、期待した言葉が得られなかったのか、すぐに顔を曇らせると、無言のまま、それを御本殿の周囲の木の枝に結びつけた。香奈枝がひいたのは中吉で、可もなく不可もない内容の字句が並んでいたが、同じく無言で枝に結んだ。

「ひと休みしていきましょう」

香奈枝は、参道に並び建つ茶屋の店先に足を止めた。勿論香奈枝は、富岡八幡へは何度も足を運んでいるから、どの店の餅が美味《うま》いか団子が美味いのか、よく知っている。

お茶と団子を注文し、それを待つ間、香奈枝はじっと綾乃の横顔を見つめた。

「顔色がすぐれませんね」

「少し……疲れてしまいました。久しぶりに外へ出たもので……」

と無理に微笑《ほほえ》んだ顔は憔悴《しょうすい》しているが、それは疲労からくるものだけではないだろう、と香奈枝は思った。

「太一郎のことで、またなにか思い悩んでいるのではありませんか？」

「いいえ、そんな……」

「このところ、太一郎の様子がおかしいとしたら、それは、慣れぬお役目を言いつかり、そのことであれこれ思い悩んでいるせいですよ。断じて外に女子《おなご》など囲っているわけではありません」

「はい、重々承知いたしております」

先回りして香奈枝が言うと、綾乃は素直に肯《うなず》いた。

「では、一体なにを――」

「太一郎様は、やはり側室をお迎えになったほうがよいと思います」

思いつめた顔つきで、言いかける香奈枝の言葉を遮《さえぎ》って言った。

「綾乃殿、あなたはまた――」

「いいえ、義母上様、私は、思い違いをしているわけではありませぬ」

「…………」

「私には、男子を産むことができぬかもしれません」

「それは、あなたが悪いわけではないでしょう、綾乃殿。太一郎は、千佐登が生まれてから、夫としてのつとめを怠っているのではありませぬか？」

「いいえ、それというのも、私がいたらぬせいなのです」

「綾乃殿」

「私では、お役目で疲れた太一郎様のお心を癒し、お体を慰めてさしあげることができませぬ」

「…………」

「私以外の女子なら、或いは……」

言って、綾乃はきつく唇を嚙みしめた。自分以外の女が、夫の子を産む。女にとっては最も耐え難いことを、口にする。どんなに辛いか、その心中を慮《おもんぱか》るだけで胸が傷《いた》む。

(何故綾乃殿は、そこまで己を追いつめるのか)

香奈枝には不思議でならない。綾乃が来嶋家に嫁いで三年余り。一年もたたぬうちに千佐登を授かったのだから、決して相性は悪くない筈だ。男児の誕生を強く望むのは、この時代の武家の妻女であれば当然のことなのだが、その思いが、些か強すぎる気がする。

(私が、三人も男子を産んでいるから、それで綾乃殿は気がひけるのだろうか)

確かに綾乃は、嫁いだ当初から、香奈枝のことを羨ましがっていた。「武家の妻の鑑《かがみ》でございます」とも言っていた。

香奈枝自身は、子を産むことが人として——武家の妻として誇れるものだなどと夢にも思ったことはない。綾乃の言葉は、蓋し《けだ》姑《しゅうとめ》に対する阿諛《あゆ》だと思っていた。だが、そうでないとすれば、綾乃の心の闇は意外に深いのかもしれない。

（だとしても、太一郎が悪い。あの朴念仁《ぼくねんじん》が、妻の気持ち一つわからぬから……）

一頻《ひとしき》り、心で太一郎を叱ってから、

「誰が相手であろうと、同じでしょう」

砕けた口調で、香奈枝は言った。

「あの子が……太一郎が、女子と気安く戯れているところなど、想像できますか？」

「え？」

「どうです？」

「…………」

「想像できないでしょう」

「そ、それは……」

綾乃は戸惑い、口ごもる。

「私が言うのもなんですが、あんな堅物《かたぶつ》の朴念仁が、妻以外の女と懇ろ《ねんご》になるなど、できるわけがありません」

「そうでしょうか？」

意外にも、綾乃は香奈枝に問い返した。恐いほど真剣な顔つきで。

「太一郎様はお優しいお方です。もし、女子のほうから言い寄られたら、断れないのではないでしょうか？」

「え？」

香奈枝はさすがに、一瞬間呆気《あっけ》にとられた。

世の女房というものは、夫を他の女に盗まれはしまいかと恐れるあまり、斯《か》くも凄《すさ》まじい疑心暗鬼に囚《とら》われるものか。香奈枝は内心呆れるとともに、かつて自分は一度もそういう思いをさせられたことがなかったことに、改めて思い至った。

（もう少し長く連れ添っていれば、或いはそんな思いをする日も訪れたのだろうか）

少しく思案してから、たとえそんな思いをさせられたとしても、矢張り夫には生きていてほしかった、と香奈枝は思った。他《あだ》し女に夫の心を奪われるのは確かにつらいが、それとて、夫が生きていてこそのことだ。生きている相手になら、恨みでも憎しみでも愛情でも、いくらでも思いをぶつけることができるのだから。

そんなことを考えながら、

「一体何処の女子が、あんな面白味のない堅物に言い寄るというのです？」

やや呆れ顔をして香奈枝は問うた。

「それは、わかりませぬが……絶対にないとは言いきれぬかと……」

「綾乃殿」

「………」

「しっかりなさい」

強めの語気で香奈枝は言う。

「あなたは太一郎の妻でしょう」

「所詮無力な妻でございます……後継ぎすら産めぬ――」

綾乃の言葉を聞いて、香奈枝は絶句した。

そこまで聞いてはじめて、綾乃が愚痴《ぐち》をこぼしている、ということに気づいたからだ。

躾《しつけ》の厳しい大家にあっては、武家の者が世迷《よま》い言《ごと》を口にするなど以《もっ》ての外《ほか》、と言い聞かされて育ったことだろう。それ故綾乃は、己の気持ちを容易く言葉にすることができない。世迷い言どころか、日頃から口数も少ないし、必要最低限のことしか口にしない。

娘を育てたことのない香奈枝にはよくわからぬが、若い娘というのは、もっと大らかに己の感情を吐き出すものではないのだろうか。

（常に己を抑え、己を律し続けていては、少しも気の休まるときがない。綾乃殿がいつも己を追いつめているように見えるのは、そのためか）

それがわかると、香奈枝は忽ち胸が苦しくなった。

「義母上様は、いまの私の年には、お二人も男子を産んでおられました」

だから、日頃の綾乃からは想像もつかぬ世迷い言を、香奈枝は黙って聞いていた。愚痴は、ただ漫然と吐き出しているときが最も幸福なのだ。

「なのに私は……私は、未だ武家の妻としての役目を果たしておりませぬ」

「では、果たしてください」

しばし綾乃の言葉を聞いたあとで、いつもと変わらぬ口調で香奈枝は言った。

「え？」

「あなたが、後継ぎの男子を産むのですよ、綾乃殿」

「…………」

「お役目が一段落すれば、太一郎も気持ちに余裕ができましょう。それまで、見守っていてはくれませんか？」

「義母上様」

「どうしても我慢ならぬときは、実家に帰って、お母上にお話しされたらよいのです。

……勿論、私でよければいくらでも聞きますが」

茶を啜《すす》り、団子を口に運びながら香奈枝は言った。

「はい」

綾乃も同じく、お茶を飲み、団子を口にした。

「美味《おい》しゅうございます」

香奈枝の言葉が、どこまで綾乃の胸に届いたかはわからない。それでも、綾乃は僅かに微笑んだ。

「ね、美味しいでしょう」

香奈枝もまた、心中の思いを隠し、淋しく微笑み返すのだった。

二

（こ、これが大名屋敷——）

京極家の壮大なお屋敷を目の前にして、順三郎は正直恐れをなした。

「ま、孫四郎殿、やはり私は……」

「如何《いかが》いたした？」

半歩先を歩いていた孫四郎が、名を呼ばれてふと顧みる。

「いや、その……」

「え?」

「ほ、本日は……」

「本日は?」

「やめておきませぬか?」

「何故?」

孫四郎は不思議そうに小首を傾げて順三郎を見返す。

「……」

「次の課題、一緒に考えてくれると言うたではないか。あれは、嘘か?」

「いえ、嘘ではありませんが」

「ならば、何故やめるのだ?」

「ならば、孫四郎殿が我が家にいらっしゃいませぬか?」

「遠慮しているのか?」

「……」

「友ではないか。何故遠慮する。だいたい、さっきから、なんだ、その敬語は?」

「なんだと言われましても……」

順三郎は困惑するしかない。

妙な経緯《いきさつ》で知り合った孫四郎から、友になろう、と言われ、順三郎自身もなりたいと思ってその申し出に応じた。しかし、実際のところ、友とは一体どういうものか、彼にはよくわかっていない。これまで一度も、そう呼べる存在と出会ってこなかったのだから、仕方ない。

「学問所の課題を一緒にやろう」

と孫四郎から誘われ、戸惑いながらも承諾したが、いざ京極邸の門前に立つと、さすがに腰が引ける。

京極家は元々丹後《たんご》峰山《みねやま》藩の藩主である。小なりとはいえ、譜代《ふだい》の名家だ。数年前、孫四郎の父・高久が若年寄職に任じられて幕政に関与するようになったため、峰山藩の藩政は長男の高備《たかまさ》に託された。

いま順三郎がまのあたりにしているのは、峰山藩の藩邸——つまり、江戸屋敷である。順三郎が恐れるのも当然だった。槍を手にした厳めしい顔の門番たちが、黙って順三郎を邸内に入れてくれるとは到底思えない。

「折角ここまで来たのに、今更そちらの家に行くなど、無駄足ではないか」

「な、なれど……」

「なあ、順三郎」

「はい」

「俺たち、友になったんだよな?」

「え、ええ」

「だったら、何《いず》れは俺の家を訪れることもあるのだぞ」

「それはそうですが……」

「ならば、それが本日このときであって、なんの障《さわ》りがある?」

「それはそうですが……」

順三郎はただ同じ言葉を繰り返すしかない。

「友になるというのは、お互いを知ることだろう?」

孫四郎は真顔で順三郎に問う。

「はい」

「順三郎は、俺のことを知りたくはないのか?」

「いえ、知りたいです」

「俺も、順三郎のことを知りたい」

「………」

順三郎は絶句した。真顔で言われると、さすがに照れる。

「俺はあの屋敷で生まれ育った」

「はい」

「仕方ないだろう。京極家の息子に生まれたのは俺の罪か？」

「そ、そんなことは……」

「だが順三郎は俺が京極家の息子なので、友になることを躊躇《ためら》いはじめている」

「そんなことはありませんッ！」

順三郎は思わず声を高める。

「ま、まいります」

「え？」

「孫四郎殿のお家で、ともに課題をいたしましょう」

「まことか？」

「はい」

順三郎が力強く肯くと、

「では、行こう」

孫四郎は再び歩を進めだした。

「はい」

順三郎は再度肯いた。

「順三郎」

「なんです？」

「その敬語は、なんとかならぬか？」

「なんとかとは？」

「友なのだから、敬語はおかしいだろう」

「そうなのですか？　私は、恥ずかしながら、友というものを、持ったことがありませんので――」

「いや、俺も持ったことはないので、よくわからんが……」

「そうなのですか？」

「だが、矢張り敬語はないと思うぞ」

「しかし私は、いつもこの話し方ですから、急に変えろ、と言われましても……」

「家族に対してもそうなのか？」

「そう、とは？」

「家族に対しても、そういう言葉づかいなのか?」

「はい」

「ご家族は?」

「母と、二人の兄、嫂《あによめ》、それと二歳の姪《めい》がおります」

「なるほど……では、使用人は?」

「中間《ちゅうげん》の喜助《きすけ》と女中のお吉がおります」

「中間と女中の二人だけか?」

「はい」

「だが、使用人たちになにか命じる際には、そういう話し方はしないだろう?」

「はて? 喜助は兄上の家来ですし、お吉は義姉上のお女中ですから、私が、とりたてて彼らになにか命じるということは殆どありませんが」

言い合いながら、順三郎と孫四郎は屋敷の表門より堂々と、屋敷の中へ入っていった。門をくぐる際、門番の存在が少しも怖ろしくなかったかといえば、嘘になる。

(孫四郎殿と友になるということは、そういうことなのだ)

それでも懸命に己に言い聞かせつつ、順三郎は門をくぐった。

（あいつ、本当に若年寄の息子だったんだな）

屋敷のうちに呑まれて行く二人の背をぼんやり見送りながら、黎二郎はそのことに驚いていた。

本当は、早めに声をかけるつもりで、二人のあとを尾行《つ》けていた。だが、戸惑い、逡巡しながらも、懸命に孫四郎とうち解けようとしている順三郎をみていると、そのまま黙って見守ったほうがいいように思え、声をかける機会を逸した。

思えば順三郎には、同じ年の友も遊び仲間もいなかった。

幼くして父を喪った順三郎を哀れむがあまり、常に太一郎も黎二郎も、全力で順三郎を庇護しようと努《つと》めてきた。そうすることが、兄として当然の役目と信じたからだ。

だが、孫四郎と連れ立って歩く順三郎を見守るうち、黎二郎は微かな罪悪感に見舞われはじめた。

自分にも太一郎にも、年相応の幼馴染みもいれば、塾や道場での好敵手——即ち、友もいた。

いまは殆どつきあいがないとはいえ、何処かで顔を合わせれば昔と同様の軽口をきき合うし、気が向けば一献傾けることもあるだろう。たとえ何年疎遠であろうと、顔を見れば忽ちその当時に戻って気安く話せるのが友というものだ。

順三郎は、十八のこの歳まで、そんな気安い友を持つこともできなかった。順三郎からその機会を奪っていたのは、他ならぬ自分たちなのだ。

(まあ、いいや。あの様子なら、なにも心配するこたあねえだろ。早速おふくろ様に報告だ)

京極家の江戸屋敷に背を向けて歩き出しながら、だが黎二郎の足は、来嶋家の屋敷のほうへは向かなかった。

先日、徹次郎から聞き出した話の衝撃が、黎二郎の胸にひっかかっている。自ら望んだことながら、いざ知らされてみると、その事実の重さに、押し潰されそうだった。

(女でも抱くか……)

こんなとき、黎二郎の足が向くところといえば、一つしかない。

三

(今日も収穫なし、か)

骨董商の店先から、肩を落として路上に出る際、太一郎は無意識に嘆息した。

旗本当主への聞き込みを諦めた太一郎は、専《もっぱ》ら市中の骨董商をまわり、近頃よく出来た贋作《がんさく》が出回っていないかを確かめている。被害者から話が聞けない以上、贋作のほうからなにかわからないかという、太一郎なりの思案だった。

組士たちは、半ば予想していたとおり、太一郎のために働いてはくれなかった。

一応聞き込みに行く、と称して城を出るが、大方《おおかた》何処かで油を売っているだけなのだろう。下城の時刻寸前に戻ってきて、

「いや、さっぱり……」

とか、

「皆目《かいもく》わかりませぬなぁ」

などと、報告ともつかぬ報告をする。

組士たちは最早あてにできぬものと、太一郎は覚悟していた。

(だがしかし、これは矢張り、この手の探索に慣れた町方の仕事ではないのか)

誰にも吐き出すことのできぬ愚痴は、ただ己の心でのみ繰り返す。

(それこそ、黒鍬組の出海殿にでも相談してみるか——)

今更ながらに思ったとき、

「まさか、家宝の壺とか、売っちまおうなんて考えてるんじゃねえだろうな」

背後から、無遠慮に肩を叩かれた。

「なんだお前は。また俺を尾行けているのか」

太一郎は渋い顔で黎二郎を顧みる。

「んなわけねえだろ。俺が尾行けてるのは順だよ」

「順三郎を?」

「ああ、おふくろ様に言われてな。……若年寄のご子息と友になったなんて、心配するだろ、普通——」

「順三郎はもう十八だぞ。いつまでも子供扱いするのはやめたらどうだ」

「………」

太一郎の口から飛び出した至極《しごく》真っ当な言葉を、だが黎二郎は心外に思った。順三郎に対する兄としての思いは、てっきり太一郎も同じだと思っていたのに。

「兄貴は心配じゃねえのかよ」

「真面目に学問に励む順三郎の、一体何を案じる必要があるというのだ?」

「なにをって、相手は若年寄の息子だぞ。こっちはたかが三百石の貧乏旗本……それも、部屋住みの三男坊が、若年寄の御子息とつきあって、もしなにかあったら……」

「なにがあるというのだ。貴様ならばいざ知らず、温和な順三郎が、なにもしでかす筈がないではないか」

「どういう意味だよ」

一旦不満げに口を噤《つぐ》んでから、だが黎二郎は懲《こ》りずに食い下がる。

「ははあ、いまじゃ自分の子のほうが可愛くて、弟のことなんざ、どうでもいいってか？」

「そんなことは言っておらぬ！」

本気とも揶揄《やゆ》ともつかぬ弟の言葉に苛立《いらだ》ち、太一郎は思わず声を荒げる。

「冗談だよ。怒るなよ、兄貴」

その勢いに閉口《へいこう》し、黎二郎は苦笑した。

「そんなことより、兄貴こそ、骨董屋になんの用だよ？」

「お役目だ」

仏頂面《ぶっちょうづら》で太一郎は応える。

「ああ、そういや、贋作《がんさく》一味の探索をしてるんだったな」

「お前、何故それを！」

と言おうとして、だが太一郎はすぐに気づいた。香奈枝だ。大方香奈枝が教えたのであろう。

「贋作なんて、巧く作ろうと思ったらそれなりに手間暇かかるだろうし、割に合わねえと思うんだがな」

「割に合わぬことをする悪人がおるものか。なにか、儲けるためのからくりがあるのだろう」

「ふうん……それで、なにかわかったのかよ？」

「いや、まだなにも……」

「そういや、叔父上のとこにも、贋物《にせもの》の雪舟が飾られてたな。叔父上は、古い馴染みが持ってきたもんだと言ってたが」

「なに？」

「あんな贋作と引き替えに、一体幾ら貸したんだか、気が知れないね。……どうせ、返してもらえっこない金だろうし――」

「それはまことか、黎二郎？」

「え？」

「叔父上のところに、本当に贋物があったのか？」

「あ、ああ」

「なんの贋物だ？」

「雪舟の掛け軸だよ。床の間に飾ってあったぜ」

「贋物を、床の間に飾っているのか？」

「ああ、よくできてたからな。……俺は欺されたし――」

「何故贋作だとわかった？」

「だって、叔父上が自分でそう言ってたから。……贋作と承知で飾ってるんだってよ」

「贋作と承知で？」

「なんでも、旧《ふる》い知りあいが借金のかたに置いてったんだとさ」

「借金のかたということは、叔父上は、その知りあいに金を貸したのか」

「だからさっきからそう言ってるだろうがよ」

「ふうむ」

考え込む太一郎の横顔を盗み見つつ、黎二郎は内心ヒヤヒヤしている。ついうっかり、徹次郎を訪ねたことを口走ってしまったが、

「では、お前は何故叔父上を訪ねたのだ？」

と問われたら、答えに窮することがわかっていたからだ。弟の小遣いと母親の遊興費を都合してくれるよう頼みに行ったなどとは、到底言えそうにない。ところが。

「叔父上は、本当に贋物と承知で金を貸したのだろうか」

考え込みつつ、太一郎はぼんやり呟いた。

「どういう意味だい？」

「たとえば、相手が存じ寄りの者であれば、日頃は用心深い者でも容易に気を許す。ただの借金の申し入れであれば体《てい》よく断れても、かたを置いて行く、とまで言われれば、断りにくいのではないかな？」

「ああ、なるほど」

「欺されて贋作を摑まされたという旗本の御当主がたも、或いはそういう経緯で金を奪われたのではあるまいか。相手が知人では、訴えるわけにもゆかぬだろうし……」

「だとしたら、当人同士の問題だろ。なにも兄貴が調べまわるこたあねえんじゃねえか」

「それはそうなのだが……」

太一郎の意識は己の役目にのみ向けられていて、黎二郎が何故徹次郎を訪ねたかについては全く興味がないようだった。

「当人から詳しい話が聞ければよいのだが、しつこく訪問してもどうせ会ってもらえぬし、危うく殺されかけるしなぁ」

「なんだよ、それ。とられた金を取り戻してやろうとしてる人間の命を狙うのかよ？」

「いや、まあ、金を取り戻すのは無理かもしれんが……」

「大丈夫か、兄貴？　そんなんで、本当に下手人《げしゅにん》捕まえられるのか？」

「うん……」

日頃の太一郎なら、

「余計なお世話だ。お前には関わりあるまい」

と言い返すところだが、そんな気にもなれないらしい。常の兄とは些か様子が違うことを、黎二郎は密かに案じた。

（なんかよくわかんねえが、大変だなぁ。俺には到底務まりそうにねえや）

「とにかく、叔父上のところへ行ってみよう」

「え？　なんでだよ？」

太一郎の唐突な言葉に、黎二郎は慌てた。

「その贋物の掛け軸、まだ叔父上のところにあるのだろう？」

「ああ、たぶんな」

「ならば、その贋物を見てみよう」

「見てどうすんだよ」

「贋物というのがどれほどの出来なのか、知っておきたい」

「そ、そんなの、兄貴が見たってわかんねえだろ。そもそも、本物を知らねえんだからよ」

「それはそうだが、いまのところなんの手がかりもない。その旧い馴染みというのがどういう御仁なのか、叔父上に話を聞こう」

「だったら、俺も行くよ」

足早に歩を進める太一郎のあとを、黎二郎は慌てて追った。

「どうして？」

「忘れ物したんだよ、この前行ったとき」

「そうか」

一旦は納得した太一郎だったが、数町進んだところでふと首を傾げ、

「ところでお前、何故叔父上のところへ行ったのだ？」

当然真っ先に思い当たるべき疑問を、はじめて黎二郎に向けてきた。なんと答えるか、黎二郎は懸命に思案していたが結局上手《うま》い嘘が思いつかず、聞こえないふりをした。

「おい、黎二郎？」

「…………」

「黎二郎」

「なんで叔父上のところへ行ったのかと訊いているんだ」

「え？」

「あ……ああ、そのことか」

思案に窮した黎二郎は、

「別に、たいしたことじゃねえんだよ。俺が養子にいったら、おふくろ様の衣装代とか化粧料とか、払えなくなるだろ。代わりに払ってやってくれって頼みに行ったんだよ。叔父上は、金に困ってなさそうだから」

仕方なく、本来の目的の一つ——比較的平和なほうの理由を口にした。全く根も葉もないでまかせを言うよりは、僅かでも真実の片鱗《へんりん》を見せるほうが、格段に相手を信用させることができる。詐欺師が使う手口だが、馬鹿正直な太一郎に対しては効果覿《てき》面《めん》だった。

「お前、そんなこと……母上の御衣装代くらい、俺がなんとかする。ご隠居された叔父上に頼むなど、筋違いではないか！」

太一郎は忽ち顔色を変え、強い口調で黎二郎を咎めた。

「別にいいだろ、それくらい。おふくろ様のために金を出せるなんざ、叔父上にとっちゃ無上の喜びだよ。だいたい、兄貴の安い俸禄で、おふくろ様に道楽させられるわけがねえんだからよぅ」

交々《こもごも》と言い返しながら、だが黎二郎は内心安堵した。易々《やすやす》と知らせる。その策は、おそらく功より重大な秘密を守るために、他の秘密を易々と知らせる。その策は、おそらく功を奏した。

「そもそも、分不相応な贅沢をする母上が悪い。そこはおわかりいただかねば――」

「それはそうだが、わかってもらうのは至難の業だぜ」

「…………」

「とはいえ、女の道楽なんざ、たかが知れてる。俺が用心棒で稼いでるあいだは好きにしていい、って言っちまったしな」

「黎二郎！」

「しょうがねえだろ。俺が用心棒やめたら、誰がおふくろ様に着物買ってやるんだよ」

「だから、それは俺が――」

「兄貴にそんな金があるなら、義姉上や千佐登のために使えよ」

「余計なお世話だ」

言い返しながらも、太一郎の口調は目に見えて勢いを失う。妻や子のことを持ち出されたからに相違なかった。

ともあれ、黎二郎は兄の追及を躱すことに成功した。

（あのことは、まだ当分兄貴には黙っていよう）

黎二郎はそう決めた。

同時に、何《いず》れは話さねばならないとも思っている。だが、いまはまだそのときではない。いまの太一郎は己に課せられた役目を果たすことに夢中だ。役目が一段落するまではそっとしておくべきだろう。

四

（おそらく、屋敷にはおるまいが……）

と思いつつも、徹次郎は太一郎を、四谷《よつや》の福江家の屋敷へ伴った。

「その掛け軸の持ち主の許へお連れいただけませぬか、叔父上」

太一郎に強く迫られ、仕方なく、である。

(気は進まぬが、福江家に行って訊くしかあるまい)

仕方ない。孝四郎のいまの住まいを、徹次郎は知らぬのだ。

だが、太一郎に向かって「知らぬ」と答えたならば、

「居所も定かならぬ相手に、金子《きんす》をお貸しになったのか」

と厳しく詰め寄られるかもしれない。

福江孝四郎に会わせてほしい、と太一郎から懇願されたとき、正直徹次郎は困惑した。

孝四郎の居住先を、正確には知らない。ただ、分家したと聞いていただけだ。養子先がなく、名目上の分家で実家を出た場合、どこかに家を借りて住むか、最悪の場合は長屋で浪人暮らしということになる。

「兄貴には、まだ言ってねえからな」

太一郎に先んじて上がってきた黎二郎が耳許で低く囁いたとき、徹次郎は内心ギョッとしつつも、同時に安堵した。

最前太一郎と黎二郎が揃って訪れたとき、てっきり黎二郎が例の件を太一郎に明かし、二人揃って徹次郎を詰問しに来たのだと思った。そうではなかったことに安堵したのも束の間、更なる難題を突きつけられた。

仕方がないので、徹次郎の知る福江家の屋敷へ、太一郎を伴うことにした。

幼馴染みなので、何度か訪れたことはある。

福江家は、来嶋家とさほど変わらぬ、四百石の旗本で、代々小普請《こぶしん》組の組頭を務める家柄だったと記憶している。孝四郎はその名のとおり、四男坊だが、長男が夭折《ようせつ》して次男が家督を継いだため、三男の扱いを受けて育った。四男だろうが三男だろうが、部屋住みには変わりない。養子先が見つからなければ、一生部屋住みのままだ。

「お前はここで待っていろ」

何故か二人のあとについてきた黎二郎のことは門の外で待たせて、徹次郎と太一郎は邸内へ入った。

「孝四郎殿の友人で、来嶋徹次郎と申す。孝四郎殿はご在宅か？」

門番がいないため、邸内へ入ってから、平長屋の前で掃き掃除をしていた中間《ちゅうげん》に来意を告げて訊ねると、

「孝四郎様は、ただいまこちらにはおられませぬ」

初老の中間は困惑気味に応える。

「では、何処に？」

「それは……少々お待ちくださいませ」

己の一存で答えてよいものかどうか、思案にあまったのだろう。中間は屋敷の奥へと走り去った。

ほどなく、徹次郎よりも十くらい年長に見える痩せぎすの武士——おそらく孝四郎の長兄で福江家の当主だろう——が、玄関口に姿を現した。

「貴殿が、孝四郎のご友人か？」

六十がらみのその武士は、さも胡散臭《うさんくさ》げな目で徹次郎を見て問うた。

「既に隠居いたし、こちらの甥に家督を譲っておりますが、先の小普請方吟味役《ぎんみやく》を勤めました来嶋徹次郎にございます」

式台の上に立つ武士に向かって、徹次郎は恭《うやうや》しく一礼した。総髪に着流しという浪人風体ではあるが、物腰挙措は極めて優雅だ。しかも、誰が見ても文句のつけようがない美男子である。怪しい者には見えない。

「失礼いたした。それがしは、福江弥左右衛門《やざえもん》でござる」

福江弥左右衛門は、威儀を正してその場で一礼した。

「どうか、おあがりくだされ」

「いや、孝四郎殿のお住まいさえお教えいただければ、もうそれで——」

「そのことも含めて、立ち話もなんでござる。とにかく、中へお入りいただけぬか」

必死な様子で勧めてくる弥左右衛門に、途轍《とてつ》もなく剣呑《けんのん》なものを、太一郎は感じた。

(孝四郎殿の名を告げたとき、先ほどの中間は明らかにいやな顔をした。それに、御当主のこの態度……さては、屋敷の中で、我らを亡き者にしようという魂胆か)

「お住まいをお教え願いたいと申しているだけなのに、何故ここではお教えいただけないのでございます？　見ず知らずの我らを家に上げて、一体なにをなされるご所存か？」

太一郎は鋭く弥左右衛門を見返した。

「これ、太一郎——」

「ご無礼を承知で申し上げております」

徹次郎の言葉を、太一郎はピシャリと撥《は》ねのける。

「それがしは、徒目付組頭を務める来嶋太一郎にございます。卒爾《そつじ》ながら、若年寄様直々のお役目にて、やむなくまかりこしました。孝四郎殿の居所を、お教え願えませぬか？」

抑揚のない口調で淡々と述べる太一郎を、青ざめきった顔で弥左右衛門は見返し、

「と、とにかく、中へお入り願えませぬか？　孝四郎の居所は、お教えいたしまする故——」

懸命に懇願する。

「何故それほど、我らを家の中に招き入れようとなされる？」

「え？」

「家の中に招き入れ、毒でも盛ろうとのご所存か？」

抜き身を突きつける勢いで太一郎が問うと、弥左右衛門は真っ青になってガタガタと震えはじめた。

「これ、太一郎、言葉が過ぎるぞ」

窘《たしな》めつつ、徹次郎も思わず太一郎の顔に見入る。しっかり者ではあっても、おっとりして人の好い甥が、初対面の旗本当主に向かって言う言葉とは思えない。無論徹次郎は知らない。徒目付の役目に就いてからというもの、体面を重んじる旗本当主から、太一郎が何度か命を狙われたことを。

「ですが、ご当主がそのように青ざめておられるのは、図星だからでござろう」

「め、滅相もない……」

弥左右衛門は必死で否定した。

「そ、そのようなことは、断じてござらぬ」

「では、毒ではなく、他の手段を以てするおつもりか？……こちらも座して殺されるつもりはない故、応戦させていただく。お屋敷を血で汚すことになってもかまわぬか？」

「ま、待たれよ、来嶋殿」

いまにも大刀の柄に手をかけそうな太一郎を、足袋《たび》のまま三和土《たたき》へ飛び降り、弥左右衛門は押しとどめる。

「と、とにかく中へお入りくだされ、来嶋殿。……なんの企みもござらぬ。ここでは話し声が隣近所に漏れてしまいます。当家の恥になります故、どうか、中に――」

弥左右衛門の必死な懇願を聞くうち、太一郎もさすがに、その必死さに嘘はなさそうだと感じた。

それ故、素直に従った。

「で、貴殿らは、いかほど盗られたのでござろう？」

徹次郎と太一郎の二人を座敷へ通してから、開口一番、弥左右衛門は問うた。

「え？」

襖の向こうで、槍を構える討手の気配がしないかと、一応神経を研ぎ澄ましていた太一郎は面食らう。

「そのことでまいられたのでござろう？」

既に隣近所に聞かれる恐れはないと安堵してか、弥左右衛門の言葉は単刀直入だった。

「孝四郎は、既に当家より勘当されております故、どんな不祥事を引き起こそうと、当家とはなんの関わりもござらぬ」

「なんですと!」

太一郎は驚愕した。

「ですから、孝四郎のしでかしたことで当家に尻を持ち込まれても、当家には孝四郎の借財を払う義理はないのでござるよ」

どこまでも淡々と弥左右衛門は言う。

実の兄とは思えぬその冷淡さに、太一郎は容易く圧倒された。

(もし、黎二郎や順三郎が他所《よそ》で不始末をしでかしたら、俺は兄として、なんとしてもその尻拭いをするぞ)

「わかっております」

呆気にとられて言葉を失った太一郎に代わり、座敷では専ら徹次郎が応対した。

「孝四郎殿はそれがしの友でござる。そう思うが故に金子を用立てたまでのこと。お兄上に返していただこうなどとは、露ほども思うておりませぬ」

「では、何故――」

「先ほどお玄関先にて申し上げましたとおり、甥の太一郎が、若年寄様より直々《じきじき》のお役目を承《うけたまわ》りまして、その探索のため、孝四郎殿より是非話を伺いたいのです」

弥左右衛門の言葉が言い終わるのを待たず、徹次郎はひと息に捲《まく》したてた。

「孝四郎殿の居所をお教え願えますか？」

「ああ」

返答とも嘆息ともつかぬ低い吐息を弥左右衛門は漏らした。深い安堵が、このとき彼の五体を突き抜けていることは間違いなかった。だが、安堵と同時に、それと同等か或いはそれ以上の緊張が、咄嗟に弥左右衛門の口を閉ざさせたのだろう。

「弥左右衛門殿？」

「も、申し訳ございませんッ」

弥左右衛門はガバッとその場に両手をついて平伏した。

「恥ずかしながら孝四郎めは、世間様に顔向けできぬ連中と連《つる》み、ろくでもない所業を……」

「ろくでもない所業とはなんでござる？」

火のような語気で、徹次郎は問い返す。

太一郎の手前、ここは語調を弛めるわけにはいかなかった。

「…………」

弥左右衛門は答えず、ただ僅かに目を上げて徹次郎を見た。怯えた小動物のような
その目が、

――もう、ご容赦願えまいか？

と問いかけている。

「もとより、当方は孝四郎殿の居所さえお教えいただければ……」

極力穏やかな声音で徹次郎は言った。

よい年をした旗本の当主が形振《なりふ》り構わず叩頭《こうとう》するさまなど、いつまでも見ていたく
はない。できれば早々にこの場を去りたかった。

「孝四郎の住まいは……」

弥左右衛門は、漸く交々と口にした。そして言い終えると、

「来嶋殿」

つと顔つきを変え、再度徹次郎の前に頭を下げる。

「孝四郎の所業、どうかご公儀には内密に願えまいか」

「…………」

「お頼みもうす」

「福江殿」

福江弥左右衛門の辛さは、徹次郎には痛いほどよくわかった。わからぬながらも、太一郎とて同じ旗本当主。目的を達したいま、それ以上、弥左右衛門を追及するつもりはなかった。

なかった筈なのだがしかし、

「雪舟の掛け軸は――」

弥左右衛門のほうが、立ち去ろうとする徹次郎と太一郎の背に向かって言った。

「掛け軸？」

「あれは、正真正銘、我が家の家宝でござる。それを、孝四郎めが勝手に持ち出し、悪事に用いているのでござる」

「では、では……あの掛け軸は本物なのでござるか？」

太一郎は思わず問い返す。

「如何にも――」

（嘘だ）

声にはださずに徹次郎は叫んだ。

（あの掛け軸は間違いなく贋作だった）

もとより徹次郎は書画骨董の目利《めき》きである。孝四郎の持参した掛け軸が贋作だということは、ひと目見たときから明らかだった。

（だが、弥左右衛門殿の言われることが真実とすれば、本物は存在する。……とすれば、或いは太一郎が調べている贋作一味とも繫がりがあるのかもしれぬ）

福江家を出て、目的地へと向かう道々、徹次郎なりに考えてみた。

家宝の掛け軸を持ち出した孝四郎は、それを元に贋作を作らせ、旧知の者たちから金を借りまくっているのかもしれない。

「どうした、叔父上、顔色が悪いぜ」

目的地へと向かう途次、黎二郎が殊更気にしたほど、徹次郎の顔つきは暗かった。

五

「この長屋でしょうか？」

「おそらく――」

「叔父上はここでお帰りになられますか？」

「なにを言う、太一郎」

そのとき、徹次郎は少しく色をなした。

亡兄に似ず、剣のほうはからきしなので、必ずしも太一郎の役に立てる自信はないが、かといってここで手を引き、万一太一郎の身に何かあった場合、香奈枝に合わせる顔がない。いや、太一郎の安全面でいえば、本職の用心棒である黎二郎がいれば充分なのだが。

「ここまで来て、孝四郎に会わずに帰れるか」

「ですが……お辛いのではありませぬか？　孝四郎殿は、或いは贋作一味の者かもしれませぬ」

「だとしたら、いよいよ儂がおらねば、どうにもならんではないか」

ややむきになって、徹次郎は言い返した。

太一郎ももうそれ以上、帰れとは言わなかった。本音を言えば、叔父にはいてほしい。いざというときの助けにはならぬかもしれぬが、善人か悪人かわからぬ初対面の相手に会うのは些か不安であった。黎二郎がいても、初対面の人間から話を聞き出すのにどれほどの役に立つかはわからない。

表通りの木戸口から入ってどぶ板沿いに奥へ進むと、井戸端で洗い物をしている女がいる。

「卒爾《そつじ》ながら、お尋ねいたす」

太一郎はその背に呼びかけた。

(長屋のおかみさんに、その言葉づかいか)

徹次郎は思わず笑いを堪える。黎二郎にいたっては、顔を背けて忍び笑っていた。

「こちらの裏店に、福江孝四郎殿が住まわれていると聞いてきたのだが——」

「………………」

顔をあげて太一郎を見たのは、三十がらみの丸髷の女だが、一瞬間息を呑んで答えを躊躇《ためら》った。おそらく武士と話をすることに慣れていないのだろうと徹次郎は思い、

「俺くらいの年頃の侍なんだが」

と気さくに笑いかけてみる。

「あら……」

女が顔を赤らめたのは、単純に徹次郎の顔に見とれたためだろう。中年を過ぎても、長屋の女房連中の目をひくくらいの魅力は、まだまだ充分にある。

「旦那よりはずっと老けて見えるけど、先月とうのたったひとり者のお武家が越してきましたよ」

芋を洗っていた手を止めて徹次郎に見とれ、女は応えた。

「どの部屋かな？」

「奥から二番目ですけど……まだ寝てるみたいですよ」

「まだ？」

「ええ、昼の間はずっと寝ていて、夕方くらいに何処かへ出かけてるようですよ」

女は少しく声を落とした。

「夕方から出かけるってことは、行く先は岡場所かな？」

徹次郎は忽ち意味深な笑みを浮かべて訊く。

「さあ……それは……確かに、朝帰りが多いようですけどね」

「悪そうな連中が出入りしているようなことはないかな？」

「さあ……よくわかりません」

「そうか。……忝《かたじけ》ない、お内儀《ないぎ》」

最後は礼儀正しく女に一礼し、徹次郎は半ば呆気にとられる太一郎を目顔で促した。

長屋の間口《まぐち》は狭いので、黎二郎は福江家のときと同じく、木戸口の外で待つ。木戸口から裏店の奥まで、ほんの数十歩の距離である。いざとなれば、すぐに駆けつけられる。

「行くぞ」

太一郎を促して教えられた部屋の前に立つと、

「お――い、孝四郎――ッ」

遠慮会釈のない声音で、徹次郎は喚《よば》った。

「俺だぁ、徹次郎だぁ～ッ」

呼びかけてから、徹次郎は無言で障子に耳をつけ、中の様子を窺う。九尺二間の棟割り長屋、その気になって耳を澄ませば、眠る人間の息遣いまで聞こえるだろう。すぐに慌てて跳ね起きる気配がし、それからしばし、静寂が訪れた。気配が外に漏れているとは夢にも思わず、そのまま居留守を決め込めるかどうか逡巡しているのだろう。

「お――い、孝四郎――ッ、いるんだろう？」

徹次郎は再度呼びかけた。

「散らかっていても、ちっともかまわぬぞ。なんなら、床をのべたままでも気にせんから、早く顔を見せぬか、孝四郎――ッ」

その途端、中で再び、ガタガタと人の慌てる気配がし、待つほどもなく、腰高障子の心張り棒が外される。

「よう、孝四郎」

障子が開けられると同時に、煤《すす》けたような孝四郎の顔が徹次郎を出迎えた。

「お、お前、どうして、ここに……」

「弥左衛門殿から聞いてきた」

「か、金を取りに来たのか？」

兄の名を持ち出されて、孝四郎の顔色は忽ち変わる。

「いや、金はいい」

「で、では……」

「甥の太一郎が、お前に訊きたいことがあるというのでな」

「来嶋太一郎でございます」

太一郎は一歩進み出、当惑する孝四郎に向かって恭《うやうや》しく一礼した。

「あ、いや、福江孝四郎でござる」

反射的に孝四郎も一礼する。

「そ、それがしに訊きたいこととは？」

「本物の雪舟の掛け軸は、いまここにございますか？」

単刀直入に、太一郎は問うた。

「え？」

「借金のかたに叔父上に預けられたものは、贋作でございましょう？」

「…………」

「本物はどうなされました？」

「ど、どうとは……」

「確かに貴殿が持ち出したと、弥左衛門殿はおっしゃっておられた。借金のかたにでもなされたか？」

「い、いや……」

「おい、太一郎、そんなに矢継ぎ早に尋ねるものではないぞ。孝四郎も面食らっておるではないか」

見かねて徹次郎が口を挟む。

徹次郎にとっては孝四郎は一応友なのだ。

「しかし、叔父上――」

「だいたい、儂のところに置いていったものが贋作だなどと、お前、なんの根拠があって……孝四郎が儂を欺すなど、あり得ぬぞ」

「ちょ、ちょっとお待ちください。叔父上が、贋作だとおっしゃったのではありませんか」

　徹次郎が俄《にわか》に孝四郎を庇《かば》いはじめたので、太一郎は驚いて叔父の顔を見返す。

「い、いや……それは、黎二郎があの掛け軸を見て、儂がよからぬ悪事を働いて稼いだ金で買ったものではないかと疑っていたようなので、やむを得ず……」

「叔父上！　それでは話が違いまするぞッ」

　太一郎は思わず声を荒げる。

「そうだぜ、叔父上ッ。いい加減なこと言うもんじゃねえよ」

　離れたところから、黎二郎も口を挟む。もとより、長屋中に響き渡る大声だ。

「すまぬ、徹次郎ッ」

　遂に堪りかねて、孝四郎が徹次郎の両手をとった。

「欺すつもりはなかったのだ」

（詐欺師《さぎし》の常套句《じょうとうく》だな）

　思いつつ、徹次郎は黙って孝四郎を見つめ返す。

「金は必ず返すから……許してくれ」

「金はいい」

「いや、そうはいかぬ。友から金を騙し取るなど、見下げ果てた所業。儂は外道《げどう》に堕《お》ちたくない」

「しかし、実際に騙し取ったのでしょう」

厳しい口調で太一郎が決めつける。

「贋物をかたに、友を欺いて金を騙し取るなど、まさしく見下げ果てた外道の所業です」

「やめよ、太一郎ッ」

「しかし、叔父上――」

「孝四郎は儂の友だ。お前につべこべ言われる謂《い》われはない」

「では叔父上は、金を騙し取られてもよいと仰せられるのですか」

「孝四郎は騙し取ったわけではない。何《いず》れ返してもらうのだ」

「騙し取ったに決まってんだろうがッ」

「黎二郎ッ！　なんだ、お前までッ！」

「では、叔父上の家にある雪舟の贋作はなんですか。欺すつもりがなくて、何故贋作を置いて行くのです！」

「だから、あれは贋作ではないと言ってるだろう」

「私は孝四郎殿に伺っているのです。どうなのです、孝四郎殿？　叔父上に預けられた掛け軸は、贋作なのでしょう？」

「贋作でないと言ったら、贋作ではないのだ」

「いいや、贋作だッ」

悲鳴のような声音で、孝四郎が叫ぶ。

「あの掛け軸は贋作だ。すまぬ、徹次郎」

あっさり白状し、頭を下げると、

「とにかく、中に入ってくれ」

徹次郎の手をとり、孝四郎は懸命に懇願した。

「包み隠さず、話していただけますか？」

「ああ、話す。なんでも話すから、とにかく、中へ……」

来客を、遮二無二《しゃにむに》家の中へ入れたがるのは、或いは福江家の血筋だろうかと、このとき徹次郎と太一郎はともに思った。

しかし、東西に三町ほども広がった旗本屋敷であれば、家の中の話し声が外へ漏れることはないだろうが、この裏店では到底無理だ。敢えて聞こうと思わずとも、嚔《くさめ》や放屁《ほうひ》の音まで隣近所に筒抜けだろう。

徹次郎と太一郎の二人を部屋にあげると、

「すまぬ」

先ず一言、孝四郎は詫びた。

そして徹次郎の前に両手をつき、畳の縁へ額《ひたい》を擦りつけた。

叩頭したきり、一向次の言葉を発しようとしない孝四郎を、さすがに徹次郎は持て余した。そして、想像した以上に、孝四郎の住む部屋は悲惨であった。部屋隅に、編み目の粗い柳行李《やなぎごうり》が一つあるきり、家具や調度の類は殆どなく、孝四郎のすぐ背後には夜具を隠すための枕屏風が置かれていた。間口九尺奥行き二間。大の男が三人もいれば、それだけでかなり息苦しい。

「福江殿」

遂にたまりかね、太一郎は口を開いた。徹次郎にとっては大切な友で、問い詰めるのが忍びないのかもしれないが、それではここへ来た意味がない。

「どうかお聞かせください。叔父上の許にある掛け軸が贋作だとすれば、その贋作は、一体何処で入手なされました？」

「…………」

「贋作職人に命じて作らせたのではありませんか？」

太一郎が鋭く問い詰めても、返事はなかった。

「お答えいただけぬということは、お認めになった、と思うてよろしゅうございますか？」

「あ、う、それは……」

「されば、その贋作職人の許へ、ご案内いただけませぬか？」

「え？」

孝四郎は思わず頭をあげ、太一郎の顔を見返した。

「掛け軸の贋作を作らせた贋作職人の許へ、お連れ願いたい」

「い、いや、その儀は……」

「お連れいただけないのであれば、福江殿を捕らえねばならぬことになりますが」

「えッ！」

「なにを言う、太一郎ッ」

徹次郎も驚いて太一郎を顧みる。

「それがしが贋作一味の探索を行っている以上、贋作に関わった者を捕らえるのは当然ではありませぬか」

だが太一郎は少しも怯まない。

「その場合、我らは町方ではありませぬから、お城の地下牢へお入りいただき、詮議を行うことになります」

「お城の地下牢？」

「なんだ、お城の地下牢とは？」

孝四郎と徹次郎は口々に問う。

「元々は、城中にて乱心したる者を密かに幽閉せんがためのものだそうです」

「お城に、本当にそんなものがあるのか？」

「私も、このお役に就いてはじめて知りました」

「しかしその牢は、ご城内にて乱心した者を幽閉するためのものなのだろう？」

「勿論、牢なのですから、罪を犯した者も入牢させせます」

「………」

「一度入牢すれば、お沙汰が決まるまで、ずっといていただきます」

「わ、わかった。案内《あない》する」

遂に観念して、孝四郎は言った。

城の地下牢という脅しは、想像の余地がないだけに、底無しの恐ろしさに感じられたのだろう。太一郎も苦労しているせいか、抜け目のない駆け引きができるようになった。

（こやつ……）

心なしか逞しさが増したように思える甥の無表情な横顔を、内心舌を巻きながら徹次郎は熟視した。

第三章　贋作一味

一

質屋《しちや》は明和《めいわ》年間には二千戸に限られたというが、寛政のこの当時、その頃よりも明らかに増えているだろう。

いまはどの町内にも、確実に二〜三軒は有る。それだけあっても、どの店の軒先も訪れる人が途絶えることはない。需要があるから数が増える。巷《ちまた》には、金に困った人間が溢れているのだ。

孝四郎が太一郎を案内したのは、彼が住む長屋からほど遠からぬ浅草田原町《あさくさたわらまち》にある「伊勢屋《いせや》」という質屋であった。

「はじめは、あの掛け軸でいくらか借りられないだろうかと思い、訪れたのだ」

　道々、孝四郎は自ら語った。

「何故質屋に行ったのだ？　骨董屋に持ち込んだほうがよっぽどいい金になるだろうに」

「いや、もとより売る気はなかったのだ。一応、家宝なのでな。……売りとばしたりしたら、それこそ兄貴に殺される」

　徹次郎の問いに、大真面目な顔で孝四郎は応えた。

（売る気はないというが、借りた金を、返せるあてがあったのか？）

　口には出さず、心の中でだけ徹次郎は旧友に問うた。後ろに続いた太一郎と黎二郎も、同時に同じことを思ったはずだ。

　旗本・御家人の部屋住み――或いは、仕官をしていない浪人者が生計《たつき》を立てる術《すべ》といえば、最も手っ取り早く稼げるのが、博徒の用心棒である。が、それには黎二郎ほどの腕が必要だ。

　中には、二本差しというだけで、とにかく大勢雇い入れている博徒もいるが、それとて、最低限二刀を帯びていなければ話にならない。

　この時代、食うに困って刀を質入れしてしまう武士は少なくないし、ズシリと重い本身《ほんみ》を提げて歩くより竹光《たけみつ》をさしているほうがずっと楽なので、なんの痛痒《つうよう》もないのである。孝四郎も、既に二刀は質に入れてしまっているだろう。

用心棒以外で武士が金を稼ごうと思ったら、あとは苦役のような肉体労働か内職くらいしかないが、建築現場で日雇いの仕事をしても、せいぜい一日百文、傘張りの内職ならば一本作って六、七文というところだろう。内職だけで一両稼ごうと思ったら、半年かけても厳しいところだ。

雪舟の掛け軸ならば、いくら質屋でも三両はくだらないだろう。とすれば、質入れ期間の八ヶ月を過ぎても、到底金は作れない。その期間を過ぎれば質草《しちぐさ》は流されてしまうので、返せるあてもないのに質入れするのは危険なのだ。

大方孝四郎は、金に困って家宝を持ち出したが、売り飛ばすほどの度胸もなく質屋へ行ったのだろう。

「ところが伊勢屋は、無期限で預かってくれるというんだ」

「無期限で？」

眉を顰《ひそ》めて問い返したのは黎二郎だ。隠居して市井暮らしといっても、殆ど金の苦労をしたことのない徹次郎よりは、黎二郎のほうがずっと世故《せこ》に長《た》けている。

「おかしいと思わなかったのかよ？」

「な、なにがだ？」

異口同音に、徹次郎と太一郎が問い返す。

「掛け軸なんてもんは、普通質屋じゃ預かりたがらねえ」

「そうなのか？」

「ああ。本物かどうか確かめるのに手間がかかるし、たとえ本物だとしても、盗品かもしれねえだろ」

「なるほど――」

太一郎は納得し、

「では、質屋が喜んで引き取ってくれる品とはなんだ？」

更に黎二郎に問うた。

「そうだなぁ。……一番喜ばれるのは着物かな。流れたとき、すぐ売りに出せるから。……だから、そんな品物を担保に、無期限で金を貸してくれるなんて、妙な話だって言ってんだよ」

「…………」

「あんた、はじめから、あの質屋なら無期限で貸してもらえるってわかってて、持ち込んだんじゃねえのかよ？」

黎二郎に鋭く指摘されて、孝四郎は気まずげに目を伏せた。

「どういうことだ？」

太一郎は忽ち眉を顰める。

「どうもこうもねぇよ。数ある質屋の中から、どうしてその伊勢屋って質屋を選んだのか、是非聞かせてもらいてえんだよなぁ」

黎二郎から更に厳しく問われ、孝四郎は完全に口を閉ざしている。

「あんた、質入れする前に、どっかの古道具屋へ、その掛け軸持ち込んだんじゃねえのか？　売るつもりじゃなく、売るとしたらどれくらいの値で売れるか、確かめるためによう」

「そうなのか、孝四郎？」

黙り込んだ孝四郎をそっと覗き込んで徹次郎も問う。だが、孝四郎の友ではなく、彼を気遣う必要のない黎二郎は性急だ。

「その古道具屋に、たまたま『伊勢屋』の者がいて目をつけられたのか、それとも他の人間から教えられたのかは知らねえが、あんたは、その質屋が裏で贋作作りをやってると承知の上で掛け軸を持ち込んだんだろ？」

「…………」

「たまたま出会い頭《がしら》に入った質屋が、たまたま裏で贋作作りをやってたなんて偶然があると思うかよ？」

「そ、それは……」

「どうなのだ、孝四郎？」

「すま……ん」

ややあって、孝四郎は微かな声音とともに肯いた。観念したときの彼の癖なのか、唇の端が引きつっていた。

「ふ、古道具屋の親爺《おやじ》に、勧められたのだ」

「古道具屋の親爺に？」

「ああ、売るよりももっと割のいい儲け口があると……」

「それで伊勢屋に持ち込んだのか？」

「ああ」

徹次郎の問いに対しては、孝四郎は素直に頷く。

「何処の、なんて古道具屋だ？」

「え？」

「あんたに、もっと割のいい儲け口があるって勧めたその古道具屋だよ」

「う、牛込神楽坂《うしごめかぐらざか》の『加賀屋《かがや》』」

蚊《か》の鳴くような声音で、孝四郎は答えた。

「兄貴、よく覚えとけよ。その『加賀屋』も、おそらく贋作の一味だ」

「あ、ああ」

黎二郎の語気の強さに圧倒されながら、戸惑いがちに太一郎は頷く。

「それで、贋作をかたにして知りあいから金を借りまくるってのは、あんたが自分で考えたことなのかい？」

黎二郎は再び孝四郎に問うた。

「いや、それは断じて……それがしは、言われたとおりにしていただけで、断じて……」

「そうだぞ、黎二郎。孝四郎がそんな大それた真似、するわけがないではないか」

「そんなこと、信じられっかよ」

という暴言を、黎二郎は咄嗟に喉元で呑み込んだ。

ろくでもない男でも、一応叔父の友人だ。少なくとも、徹次郎はそう信じている。叔父には、この先順三郎の小遣いや香奈枝の遊興費を出してもらうことになるかもしれないので、あまり不興を買いたくはなかった。

「あ、あの質屋だ」

孝四郎の足が止まったとき、既に日は傾き、一同の影は長く道の端まで伸びていた。

孝四郎が指さしたのは、足を止めた数軒先、藍色《あい》の暖簾《のれん》と、その横で揺らぐ四角い板だ。

板は将棋の駒を模した形をしており、「質」と一文字書かれている。持ち込んだ品物が「金」になる、という意味のシャレだが、専《もっぱ》ら、元禄《げんろく》以降登録制となった質屋の看板に使われていた。

「どうする兄貴、踏み込むか？」

「いや、勝手もわからず迂闊《うかつ》に踏み込んで、一味を取り逃がしたのでは何にもならぬ」

やる気満々な黎二郎の問いに、難しい顔で太一郎は首を振る。

「焦らず、じっくり調べよう」

「どうやって調べるんだよ？」

「それは……これから考える」

「そんな悠長なこと言ってて、手遅れになっても知らねえぜ」

「…………」

太一郎はさすがに不安になり、黙って黎二郎の顔を見返す。子供の頃から、黎二郎とは喧嘩ばかりだった。一々自分に逆らってくる弟が、本気で憎く思えたこともある。家を飛び出してからは放蕩三昧《ほうとうざんまい》の日々を送り、自分の言葉に全く耳を貸さない愚弟を、疎《うと》ましく感じることはあっても、頼もしく思うなど、到底あり得ぬことだった。

しかし、いまは誰より頼もしく思える。素直にそれを認めるのは癪《しゃく》だが。

「とにかく、叔父上と福江殿には、ここでひとまず、お引き取りいただきます」

「え?」

「な、中に入らなくてもよいのか?」

徹次郎と孝四郎は口々に問い返す。

「はい、ここで結構でございます。では――」

徹次郎と孝四郎を交互に見ながら太一郎は言い、二人に向かって一礼した。

「あ、そのおっさんのことは、しばらく叔父上が見張っててくれよ」

「なに?」

徹次郎と孝四郎は異口同音、黎二郎に問い返す。但し、孝四郎のそれは徹次郎のものとは意味が違い、「おっさん」呼ばわりされたことへの多少の抗議である。

「何故儂が孝四郎を?」

「そのおっさんが、贋作一味の仲間じゃねえとは限らねえんだ。一人になった途端、俺たちに隠れ処がバレちまったことをご注進に及ぶかもしれねえだろ」

「失礼ではないか、黎二郎ッ」

「儂の友人を疑うのか、黎二郎」

「その友人とやらに贋物摑ませて金を騙し取るような野郎の、一体なにを信じろってんだよ」

「口が過ぎるぞ、黎二郎」

太一郎はひたすら黎二郎を窘《たしな》める。

「ああ、言い過ぎてたら、すまねえな。けど、叔父上、友だちだっていうなら、そのおっさん、当分叔父上のとこにおいてやれよ。できれば、兄貴のお役目がすむまで」

「そ、そこまでせねばならぬのか」

徹次郎は忽ち目を剝《む》くが、

「儂は別にかまわぬが」

意外や、孝四郎はホッとしたような顔になった。

「いや……徹次郎さえよければ、そうしてもらえると助かるのだが……」

「何故だ？」

「家賃を払えと、連日大家《おおや》がうるさくてのう」

「家賃を払っておらぬのか？」

「払えるものなら、払いたいのだがのう」

呆れ声で問い返す徹次郎に、全く悪びれることなく孝四郎は応じる。

「仕方ない。ならば、うちに来るか？」

「重ね重ね、すまんのう」

「仕方あるまい」

呆れて舌打ちした徹次郎のあとを孝四郎が追う形で、二人は帰路についた。

その様子を、しばし無言で見送ってから、

「で、どうするよ、兄貴？」

黎二郎は改めて太一郎に向き直る。

「勝手がわからねえから迂闊に踏み込めねえってんなら、客のふりしてさぐりを入れてみるかい？」

「さぐりを入れる？」

「店ン中がどんな具合か、使用人は何人くらいいるのか、そういうこと、知りてえんじゃねえのかよ」

「まあ、そうだな」

「だったら、質入れに来た客のふりして店ン中に入りゃいい」

「なるほど」

「ただ――」

「なんだ？」

怖いほど真剣な目で太一郎が問い返したのは、黎二郎の話に惹き込まれた証拠だった。

「質入れできそうなものを、いま、持ってねえんだよ、残念ながら――」

「どんなものならよいのだ？」

「まあ、向こうの言い値が気にくわねえってことで、最終的には借りなきゃいいんだから、とりあえず、刀でもいいんだけどな」

「刀か」

「どうする？」

「金を借りずにすますことができるのだろう？」

「ああ、借りるか借りねえかは、こっち次第だからな」

「なら、いい。入ってみよう」

意を決して、太一郎は言った。

「いいのか、兄貴？」

「悠長なことをしていると、手遅れになるかもしれぬのだろう？」

「そりゃ、そうだけど――」

「だったら、行かねば」

《質》の字の看板に向かって歩き出しながら太一郎は言い、

「それにしても、お前はなんでもよく知っているな」

歩きながらふと振り向いて、黎二郎の耳許に囁いた。

正直、太一郎が質屋という商売の存在を知ったのは、存外大人になってからのことだ。

それくらい、太一郎にとっては縁のない場所だった。

本来、貧乏旗本の来嶋家など、質屋の世話になっていても不思議はないのだが、若い頃の香奈枝はいまとは別人のようにやり繰りが上手《うま》く、暮らしに困ることなど全くなかったのだ。そのあとを引き継いで来嶋家の主婦となった綾乃も、裕福な家の育ちとは思えぬほどの倹約家で、太一郎の俸禄だけでなんとか生活できている。驚いたことに、実家の援助は一切《いっさい》受けていない。

「一度《ひとたび》嫁ぎましたからは、私は来嶋家の者。実家を頼るなど、武家の妻として最大の恥でございます」

という綾乃の言葉が、詐《いつわ》りでも強がりでもないことを、太一郎は知っている。

わからないのは、それほどよくできた綾乃という女が、何故自分のところへ——来嶋家のような貧乏旗本へ嫁いできたのか、ということだけだ。

「お前に比べると、俺は全く世間知らずだ」

「そんなもん、比べたって、しょうがねえだろ」

ちょっと意外な兄の言葉に、黎二郎は少しく戸惑った。負けん気の強い黎二郎には、そうやって、あっさり自らの欠点を認めることのできる太一郎の潔《いさぎよ》さが理解できない。

「いや、俺は物知らずだ。母上の御衣装代がどれくらいかかるのかも知らぬ」

「いいんだよ。兄貴はそんなこと知らなくても」

「すまん。お前にも、迷惑をかける」

低く囁いて、太一郎は「伊勢屋」の暖簾をくぐった。

二

暖簾をくぐって一歩店の中に入ったところで、太一郎はふと足を止めた。

店の中は、他の多くの商家と同じで、幅一間《けん》ほどの通り土間が奥まで続いている。奥は薄暗いため先までは見えないが、おそらく土蔵とつながっているだろう。大抵の商家はそういう造りになっている。

店の中には、数人の客がいた。

帳場に座って、持ち込まれた品を見定めているのがおそらく主人だろう。目つきの鋭い、初老の男だ。贋作の一味を仕切っているとすれば、強面《こわもて》なのも肯ける。

主人は、お高祖頭巾《こそずきん》で顔を隠した——おそらく武家の女だろう——が持ち込んだ黒っぽい天目《てんもく》茶碗を矯《た》めつ眇《すが》めつ吟味していた。

女は頭巾で隠した顔を更に俯けているので、顔だちはおろか、年齢すらもよくわからない。昨今の倹約令を律儀に守っているのか、消し炭のような色の着物を着ていた。

他には、如何にもうらぶれた風情の中年の浪人者と商家の手代風の若い男がいて、順番が来るのを手持ち無沙汰な様子で待っている。浪人はともかく、商家の手代は、博奕《ばくち》の借金でもあるのだろうか。

紺《こん》色の前掛けを着けた店の丁稚《でっち》が、

「いらっしゃいませ」

入口で逡巡する太一郎に向かって深々と頭を下げた。

「おい、なにやってんだよ。とっとと入れよ」

戸惑い、立ち尽くした太一郎の背を、黎二郎が強引に中へ押し込む。

「ちょ、ちょっと待ってくれ、黎二郎。矢張り、また日を改めて……」

「いいから、入れよ。……ちょうどいいや。順番がまわってくるまで、店の様子をじっくり検分できるだろうがよ」

「し、しかし、ここは……」

背後からグイグイ押されて仕方なく歩を進めながらも、太一郎はなお抵抗する。質屋という場所に対する生理的な畏《おそ》れが、彼の足を進ませようとしないのだろう。

「今更、なにビビッてんだよ」

黎二郎が更に強い力で太一郎を押そうとしたときだった。

バラバラバラバラ……

甚《はなは》だしい数の足音が、不意に彼らの背後に迫った。

無論、ただの足音ではない。多量の殺気を孕《はら》んだ、殺伐《さつばつ》たる足音だ。足音だけでなく、激しい息遣いと男たちの発するただならぬ気配も感じられた。

太一郎と黎二郎は、咄嗟に通り土間の奥へと進んで身を避《よ》ける。

「火付《ひつ》け盗賊《とうぞくあらた》改めであるッ」

足音が止むと同時に、途轍《とてつ》もなく怖ろしい怒声が、店の中に響いた。

「《狐火《きつねび》》の権蔵《ごんぞう》一味、神妙に縛《ばく》につけいッ」

胴震いしそうな怒声とともに飛び込んできたのは、鉢金《はちがね》、鎖帷子《くさりかたびら》で重装備し、鉄棒や鈎縄《かぎなわ》など、物々しい捕り物道具を手にした武士が十数名——。

(火盗《かとう》?)

呆気にとられた太一郎が、火盗改めの姿に見入っていると、

「まずいな、兄貴。どうやらここは盗っ人宿だったみたいだぜ」

黎二郎がその耳許に低く囁く。

「盗っ人宿?」

「盗賊どもの隠れ処だよ」

「ここは、贋作一味の隠れ処ではなかったのか」

「贋作一味が、片手間に盗っ人もやってたんじゃねえのか」

「なるほど」

「落ち着いてる場合かよ。グズグズしてると、贋作作りの下手人《げしゆにん》も、根刮《ねこそ》ぎ火盗にもってかれちまうぜ」

「え？」

「早く、火盗の頭《かしら》に、話を通したほうがいいんじゃねえのか？」

「何の話を？」

「だから、兄貴のお役目のことだよ。……徒目付だと名乗って、若年寄に言われて贋作一味のことを調べてる、と言えば、便宜を図ってくれるんじゃねえのか？」

「便宜を？」

早口で耳許に囁かれる黎二郎の言葉に、太一郎は一層狼狽する。

「贋作作りの職人とか、こっちの調べに必要な証人は引き渡してくれるかもしれねえだろ」

「そう上手《うま》くいくかな」

「いくかいかねえか、やってみなきゃわかんねえだろ」

「し、しかし……」

「いいのかよ、ここで下手人をもってかれたら、また一から出直しだぜ」

「ならば、火盗の方々が一味を捕らえたあと、目付殿を通じて話をとおせばよいのではないか?」

「知らねえのか?」

「なにを?」

「相手は火盗だぞ。捕らえた下手人は拷問で自白させるんだ。一人残らず、盗賊一味として処刑されちまうよ」

「………」

「どうすんだよ?」

「だが、この騒ぎだぞ」

と太一郎が言うとおり、踏み込んできた火盗改めの同心たちは、手当たり次第、店の丁稚や手代を捕らえはじめている。

そのさまは、まさしく、地獄の獄卒どもが亡者を追い立てているかの如きものだった。そんな荒々しい様子をまのあたりにして、太一郎はすっかり恐れをなしている。

「だから、早く名乗れって。下手《へた》すりゃ、俺たちも巻き添え食ってお縄にされちまうぞ」

黎二郎に再度促され、太一郎は意を決した。

「火盗改めの方々ッ」

一歩踏み出し、声を張りあげる。

「それがしは、徒目付組頭・来嶋太一郎と申す者ッ。役儀にて、まかり越した」

言い終えた途端、鎖帷子を着込んだ火盗の同心が、太一郎の肩にぶち当たってきた。

残念ながら、太一郎の声は、その場の喧騒に完全にかき消された。

「火盗改めの方々ッ」

肩の痛みに堪えつつ、太一郎は、一党の頭《かしら》と思《おぼ》しい者の前へ進み出る。

「それがしは、徒目付組頭・来嶋太一郎ッ」

「来嶋殿」

三十がらみで痩せぎすの男が、困惑気味に太一郎を顧みた。

「拙者は、火付け盗賊改め方与力にて、佐山忠五郎《さやまちゆうごろう》と申す。貴殿のお役目とは？」

「贋作の一味を捕らえることでござる」

「贋作の一味？」

「当方も、詮議の上でこの店を探り出しましたる次第。贋作に関わる者については、こちらにお引き渡し願いたい」

「し、しかし……」

火盗の与力・佐山忠五郎はしばし戸惑った。

「左様な話は聞いておらぬ。……ここは、《狐火》の権蔵一味の隠れ処だ」

「…………」

その勢いに気圧《けお》されて、太一郎は容易く言葉を失った。

次の瞬間――。

「うぉぉぉぉ～ッ」

雄叫びのような叫《わめ》き声とともに、奥から、抜き身を手にした浪人者が五～六人、血相を変えて飛び出して来る。

「おのれぇ、火盗めぇ～ッ」

伊勢屋に雇われた用心棒――いや、狐火一味の盗っ人だろうか。猛然と刀を振るい、捕り方たちに斬りかかった。

「手向かいする者は、容赦するなッ」

与力の佐山がすかさず下知する。

言われるまでもなく、同心たちは手にした得物で応戦した。鉄棒や刺又《さすまた》だけでなく、中には刀を抜いている者もいる。こういう場合、それぞれ得意な得物で戦うことが倣《なら》いなのだろう。

「ぐぎゃッ」

じゅしッ、忽ち斬られた者の悲鳴があがり、血飛沫《しぶき》も立ちのぼる。

乱刃となった。

お高祖頭巾の女をはじめ、金を借りに来ていた者たちは皆、狼狽《うろた》えきって立ち竦《すく》むしかない。逃げようにも、出入口は火盗改めの同心たちによってがっちりと塞がれているのだ。もとより、為す術《すべ》もなく狼狽えたのは太一郎も同じだ。

「おい、奥へ行ってみようぜ」

狼狽えた太一郎の耳許に、黎二郎が再び囁いた。

「え？」

「店の奥に、贋作作りの工房があるって、福江のおっさんが言ってたろ」

「あ、ああ」

「なにか手がかりが見つかるかもしれねえだろ」

黎二郎に促されると、太一郎も卒然我に返った。

(そうだ。このままでは、すべて火盗に持っていかれてしまう)

乱刃を避けつつ、太一郎は通り土間を真っ直ぐ奥へと小走りに進んだ。黎二郎がすぐあとに続いていることを肌で感じて安堵しつつ、太一郎は進む。

通り土間の奥は、小さな商家ならば厨《くりや》に通じていることが多い。だが質屋は特殊な商売で、盗賊に狙われることも多いため、店の奥がすぐ土蔵の入口に続いていることも少なくない。

「おッ」

進み入ってまもなく、漆喰《しっくい》壁に覆われた土蔵が現れる。

重たげな両開きの扉に鍵はかけられておらず、太一郎は躊躇《ためら》わずその引き手に手を掛けた。

ガラガラガラ……

実際、重い扉であった。

開いた先には、だが誰もいなかった。一面に並べられた棚には、客から預かった品がビッシリ置かれたままである。

「逃げられちまったな」

「え？」

「まだそこらにいるかもしれねえ。捜してみるか？」

「あ、ああ……」

常に黎二郎に主導権を握られていることに多少戸惑いながらも、太一郎は従った。

裏口から外へ出て、人気《ひとけ》のするほうを探りながら歩く。

裏口は細い路地に面していた。そのあたり一帯、多くの裏店《うらだな》が犇《ひし》めいている。当然、帰路につく人もいる。その一人一人を追いかけるのも不可能なら、既に日が暮れかけているため、入り組んだ路地をただ進むだけでも困難だった。

「無理だな」

「店に戻って、もう一度、火盗に話をつけるか」

「うん……」

太一郎は素直に黎二郎の勧めに従った。他に、為すべきことがなにも思いつかなかったからにほかならない。

三

数日後、太一郎は若年寄・京極高久の屋敷へ呼ばれた。

「わ、私が、京極様のお屋敷に行くのでございますか？　何故に？」

若年寄からの伝言を伝えに来た袴《はかま》役の若侍に、思わず太一郎は問い返した。

「知らぬ。こちらは言われたとおり、伝えに来ただけだ」

若侍はにべもなく言って、踵を返した。袴役の若侍は、虎《とら》の威《い》を借《か》る狐《きつね》さながら、権高《けんだか》いのが普通だが、その人もなげな態度がこのときほど面憎《つらにく》く思えたことはなかった。

（この、若僧がッ）

腸《はらわた》が、煮えくり返った。分不相応な立身出世など、これまで一度として望んだことはないが、このときばかりは、その鼻持ちならぬ若侍を足蹴《あしげ》にできるだけの身分を、心から望んだ。

（綾乃、俺を一豊《かずとよ》にしてくれ）

身分の低い男に嫁ぎ、己の内助の功で夫を出世させるのが綾乃の夢なのだろう、と日頃香奈枝から言われているのを本気にし、すっかりその気になった。

（一国一城の主《あるじ》に……なれるわけがない、か）

若侍が立ち去ってから暫《しばら》くして、太一郎は漸《よう》く冷静に立ち戻った。

（しかし、何故、ご城内で話をするのではなく、わざわざ屋敷へ呼びつける？）

冷静になればなったで、太一郎の胸には不安しかない。

（よりによって、大名家の上屋敷とは……）

少し前に、順三郎の口からその名を聞かされていたこともすっかり忘れ、太一郎は下城後、愛宕《あたご》下大名小路にある京極家の屋敷へ向かった。

（大名家の上屋敷……）

弟と同じく暗澹たる面持《おもも》ちで、太一郎はその屋敷の前に立った。

その名のとおり、大名家の上屋敷が建ち並ぶ通りを歩くだけで、何故とも知れず緊張する。その緊張は、舅《しゅうと》の左近将監《さこんしょうげん》を訪ねるときの比ではなかった。苦手といっても、舅はあくまで身内である。身内が、身内の命を害することはないだろう。

だが、大名屋敷の中では、なにが起こっても不思議はない。

直参とはいえ、太一郎のような軽輩が、若年寄の屋敷に直々に呼ばれること自体、そもそも異様なことなのだ。

（贋作一味の件だろうか）

あの日太一郎に用件を告げに来た袴役の武士は、若年寄様直々のお申しつけである、とは言ったが、その訳までは告げなかった。徒目付ごときに、わざわざ告げる必要などないと思ったのだろう。

（だったら、なにもわざわざお屋敷へ呼び出さずとも、城中にて話してくれればよいではないか）

太一郎は心底恨めしく思った。

若年寄に名指しで呼ばれるなど、考えようによっては、またとない出世の好機かもしれない。上昇志向の強い者なら、大喜びで馳せ参じることだろう。

しかし、太一郎にはそもそも出世欲というものがない。旗本を統括する若年寄と誼《よしみ》を通じておけば、今後なにかと都合がよいだろうなどとは、夢にも思わない。

(この屋敷の中に、入るのか)

何度か前を行きつ戻りつし、これ以上往復しては門番に不審がられるであろうというあたりで意を決し、ゆっくりと近づいた。

「こちらは、京極備前守《びぜんのかみ》様のお屋敷でございますか」

門番に問いかけ、相手が肯《うなず》くのを待ってから、

「徒目付組頭・来嶋太一郎と申す者でござる。備前守様にお取り次ぎ願えますか」

太一郎は恭しく告げた。

大名屋敷を訪問する際のすべての手順を経て、四半刻後、太一郎は表御殿の書院の一室に通された。

「主人《あるじ》はまもなくまいります」

奥女中が茶を運んできたあとで、用人と思われる痩せぎすの中年男が、わざわざ告げに来た。

（ああ、もう、いやだ――）

太一郎の緊張と忍耐がギリギリ限界に達するかと思われたとき、不意に音もなく襖が開いた。

鈍色《にび》の鬼縮緬《おにちりめん》の着流しに袖無し羽織という普段着で入ってきたのは、六十がらみの白髪の男だ。

「わざわざ呼びたてて、すまなかったな」

当主の京極高久に相違あるまい。

太一郎は反射的に叩頭した。

「来嶋太一郎にございます」

「いやいや、頭をあげてくれ」

京極高久は座に着きつつ手を振って言い、

「わざわざ呼びつけて、すまなかったのう」

更に辞を低く詫びを言う。

そんなところは息子とよく似ているが、もとより太一郎は知る由もない。

「別に、用というほどのことでもないのだがな」

「ははッ」

いよいよ固くなって頭を低くする太一郎に、

「頼むから、顔をあげてくれぬか。それでは話ができぬ」

懇願するように京極高久は言い、太一郎の反応を待った。

仕方なく、太一郎は顔をあげ、恐る恐る若年寄の顔を見る。若年寄というより、孫にねだり事をされた祖父の如き柔和な表情の好々爺《こうこうや》がそこにいた。

「他でもない、愚息《ぐそく》のことだが――」

(え?)

その口から漏らされる意外な言葉に、太一郎は思わず驚きの声を堪える。

「近頃、そのほうの弟御《おとうとご》と懇意にしてもらっておるようで――」

「え、そ、それがしの愚弟が、備前守様の御子息と……」

太一郎は遂に堪えきれず、声を発した。

そして、忽然と思い出した。

(そういえば、順三郎の奴、若年寄様の御子息と友になったとかなんとか、申しておったが、まさか本当だったとは――)

思い出すと、忽ち血の気がひいてゆく。

「ぐ、愚弟が、御子息になにかご無礼を……」

「いや、そうではない」

備前守は太一郎の勘違いを即座に訂正する。

「無礼というなら、愚息のほうこそ、弟御にとんでもない無礼をはたらいたようじゃ。……珍しく、話してくれたのだが、弟御……順三郎殿と申されたかな？」

「は、はい――」

「順三郎殿は、快く赦《ゆる》してくれたそうじゃ。なんと心の寛《ひろ》いお人であろうと、愚息が心底感服しておった。そういう心の寛いお人と、友になりたかったそうじゃ」

「…………」

「迷惑をかけて、すまなかったのう。愚息に代わって詫びを言う――」

「お、畏れ多いことでございます」

「そう恐縮せんでくれ」

備前守は苦笑する。

「本当は、順三郎殿に直接、愚息のことをよろしく頼むとお願いすべきところなのだが、それではあまりに親馬鹿が過ぎるようでのう。いや、兄のそのほうをこのように呼び出すというのも、充分親馬鹿なのだが……」

備前守はふと口ごもり、しばし口を噤《つぐ》んだ。

太一郎もまた、口を閉ざして彼の言葉を待つしかない。

「恥ずかしい話だが、あれは歳をとってからの子故、息子というより、孫のようなものでな。……実際、あれと殆ど年の変わらぬ孫もおる」

「…………」

「それ故、つい甘やかしてしもうた。……気がついたときには、箸にも棒にもかからぬ馬鹿者になっておった。……学問に全く身が入らぬようだと、守《も》り役が言うので厳しく叱ったら、学問所に行きたい、と言い出しおった。学問所で、ともに学ぶ友ができれば励みになる故、是非学問所に通いたい、と。……儂は許した。甘い親だと思うであろう？」

「いいえ……」

太一郎は慌てて首を振る。

「甘いのだ。……よくわかっておる」

庭先へ目をやりつつ、備前守は言葉を継ぐ。

「だが、学問所へ通うようになっても、あやつは……孫四郎は、学問には全く身が入らなんだ。屋敷の外へ出るための方便に、学問所を利用したのだ。見下げ果てた奴だ」

「そのようなことは……若いうちは、なかなか己が見定められぬものでございます」

「いやいや、若くとも、己の道をしっかり定めている者はおる。例えばそちの弟御・順三郎殿じゃ。順三郎殿は、学問に生きるという己の道を、しかと見定めておるではないか」

「………」

「そんな順三郎殿と交わることで、あれも、少しはましな人間になってくれればよいのだが……すまんな、どこまでも親馬鹿で」

「いいえ、私も、同じでございます」

「ん？」

「我ら兄弟は、幼くして父を喪《うしな》いました。末弟の順三郎は、父の顔すら知りませぬ」

「左様か」

「それ故私は、僭越《せんえつ》にも、順三郎の父親代わりのようなつもりでおりました」

「なるほど」

「すべて私の、勝手な思い込みでございます。順三郎は、私の庇護など必要としてはおりませんでした」

「…………」

「いまは妻を娶り、己の子を持ちましたが、親とはひたすら愚かなものと心得ております。我が子のためならと思い、子が願ってもおらぬことをしてしまうものなのでしょう」

「そうか」

小さく肯いてから、備前守は更に柔らかく微笑んだ。

「その若さで、そなたもなかなか苦労してきたようだのう」

「いいえ、決してそのようなことは……」

「それにしても、火盗のことは、すまなかったな」

「え？」

不意に口調を変えた備前守の口から思いがけぬ言葉が飛び出し、太一郎は驚いた。

「あの日火盗に、密告があったそうじゃ」

「密告？」

「浅草の質屋・伊勢屋は、盗賊《狐火》の権蔵一味の塒《ねぐら》であると、な」

「え？」

「だが、どうもおかしい。捕らえてみたが、どうやら火盗が追っていた《狐火》一味ではないらしいとのことじゃった」

「では、あの者たちは……」

「そちが突きとめたとおり、あの質屋は、贋作一味の隠れ処だったのかもしれぬ」

「………」

太一郎には、発するべき言葉がなかった。

「そちがあの店を突きとめた途端、何者かの密告があった。……偶然とは思えぬ」

「どういうことでしょうか？」

「一味の背後には、何者かがついているということだ」

「何者かが？」

「うむ……」

考え込んだ備前守は、先ほどまでとは別人のように厳しく表情を引き締めている。

それを見つめる太一郎の胸にも、当然密かな不安が萌《きざ》す。

（一味の背後とは……）

「来嶋――」

「はい」

ふと名を呼ばれ、太一郎は無意識に威儀を正した。

「どうする？　そちの手には少々余るかもしれぬが、このまま調べを続けるか？」

「そ、それは如何なる意味でしょうか？」

「いや、この件の調べをそちに命じたときには、儂はまだ、そちが順三郎殿の兄上とは知らなんだ。それ故、気軽に命じてしまったが、どうも、思っていたよりずっと、組織も大掛かりなら、厄介な者まで裏に潜んでおるようじゃ」

「…………」

「これ以上深入りすれば、危険な目に遭うかもしれぬ、ということだ」

ニコリともせずに備前守は言い、太一郎は絶句するしかない。

「順三郎殿の兄であるそちを、危険な目に遭わせとうはない。……このまま、調べからおりてもかまわぬぞ」

「卒爾ながら、備前守様――」

「ん？」

「もし仮に、私がこの調べをおりましたならば、どうなりましょう？」

「そうじゃのう。……一味が逃げてしまったとすれば、また一から調べ直すのは骨が折れるであろうし……」

「お、お待ちください、備前守様、あの質屋に目をつけましたるは、全くの偶然でございまして、あの店が本当に、我らの追っている贋作一味の隠れ処であるかどうか、しかとは……」

「いや、火盗に密告があったからには、おそらくそうなのだろう。でなければ、嘘の密告までして、火盗を踏み込ませる必要はない」

「では、備前守様は、何者かが嘘の密告をし、あの店に火盗を踏み込ませた、とおっしゃるのですか？」

漸《ようや》くそのことに思い至って、太一郎は思わず問い返す。

備前守は、今更なにを言う、という顔つきになり一瞬鼻白《はなじろ》んだが、すぐ気を取り直し、

「そうじゃ。それ故、そちは、いやならば、この件からおりてもよい」

もう一度、嚙んで含める口調で言った。

「いいえ」

備前守が言い終えるや否や、太一郎は彼の前に平伏した。

「どうかこのまま、引き続き、それがしに調べを続けさせていただけませぬか」

「おい、来嶋」

「一度承りましたことを、途中で投げ出すなど、武士として恥ずべき行いでございます」

「しかし――」

「お願いでございます。どうかこのまま、それがしにこの調べを続けさせてくださいませ」

「本当に、よいのか？」

「はいッ、お願いいたします」

「ふうむ」

腕組みをして、しばし備前守は考え込んだ。

何を考えているのか、その表情からは、太一郎には到底窺い知れない。初対面なのだから無理もないが、息子の話をしているときの柔和な顔つきからはいまは一変している。その変貌ぶりが、太一郎の不安を煽《あお》った。

「わかった」

それまで、手入れの行き届いた美しい庭先に向けられていた備前守の目が、ふと太一郎の面上に戻された。

「ならば、引き続き調べてもらおう」

「は、はいッ」

「だが、無理はするな。よいな？」

「はい」

太一郎は両手をついて平伏した。

それから——。

太一郎が辞去して後、備前守はなおしばし、居間で脇息《きようそく》に凭《もた》れていたが、

「おるか？」

虚空《こくう》に向かって、誰に言うとも知れぬ問いを発した。

「はい」

備前守の耳にのみ聞こえるほどの音量で、即座に返答がある。意外にも、女の声音だ。

「聞いていたな？」

「はい」

「来嶋を守ってやれ」

「はい」

女の声が、間髪容れずに返事をした。備前守はもうそれ以上言葉を発することはな

かった。声の主《ぬし》は答えるなり音もなく立ち去ったとわかっていたからだろう。

四

「じゃあ、なにか？　あんとき火盗が踏み込んできたのは、何者かの密告だったってのか？」

聞くなり黎二郎は驚きの声をあげた。

「うん」

「何処《どこ》の誰が密告したんだよ？」

「それはわからぬ」

「贋作一味の関係者だな」

「何故そう思う？」

「そりゃそうだろ。あの質屋が盗っ人宿だと思わせて火盗に踏み込ませれば、贋作作りの証拠もなにもかも、火盗に消してもらえるんだからよぅ」

至極当たり前のように言う黎二郎を、内心畏怖の目をもって太一郎は見た。

自分が、備前守から二度重ねて説明され、漸く理解できたことが、黎二郎には瞬時に理解できるのか。

(やはり俺はダメだな)

手にした猪口の酒を、太一郎はひと息に飲み干した。

下城後、太一郎は自ら、伝蔵親分の家にいる黎二郎を訪ねた。

突然伊勢屋へ現れた火盗の目的、若年寄・京極高久に呼ばれたことなど、話しておかねばならないと考えたからだ。そのため、

「先日世話になった礼をしたい」

お気に入りの居酒屋《冨久《ふく》》に黎二郎を誘った。

店内は今日もほぼ満席だ。酔客たちは皆、己の話に夢中で、他人の話を盗み聞くような者はいない。

太一郎の話を、終始浮かない顔で黎二郎は聞いていたが、若年寄の京極に、引き続き贋作一味の探索をさせてほしいと願い、許されたと聞くと、

「なんだって、そんな馬鹿なこと言いやがったんだよ」

甚《はなは》だ呆れ顔をした。

「折角《せっかく》、面倒な仕事から解放してもらえるところだったのによう」

「途中で投げ出すなど、そんな無責任な真似はできぬ」

「ったく、馬鹿正直だよ、兄貴は。……若年寄は、兄貴が、大事な息子の友である順の兄貴だから、面倒な役目から外してやろう、って言ってくれたんだぜ」

「そういうことなら、益々、途中で投げ出すわけにはゆかぬ。弟に免じて役目を免除されるなど、よいわけがないだろう」

「だからって、なんの手がかりもねえのに、やらせてくれなんて言うかねぇ」

「…………」

「どうするつもりだよ、兄貴?」

「どうすればいいと思う?」

「え?」

真顔で問い返されて、黎二郎は驚いた。

「お前なら、どうすればいいかわかるだろう?」

「兄貴……」

太一郎の目には僅かの迷いもなかった。本気で弟を頼ってきている。無頼で奔放で、博徒の用心棒をして糊口《ここう》を凌《しの》ぐような弟に。

そんな兄を見るのはさすがにつらい。それ故黎二郎は必死で考えた。

「そうだな。……囮《おとり》はどうかな」

「欲しいもののためなら、金に糸目はつけねえって好事家《こうずか》がいたとするだろ。その噂を聞きつけて、贋作一味のほうから近づいてくるんじゃねえのかな」

「なるほど――」

太一郎は真顔で聞き入った。

「けど、難しいだろうなぁ」

「なにがだ？」

「金に糸目はつけねえ金持ちの旗本役、誰に頼むよ？」

「………」

「いや、待てよ。いねえこともねえか？」

猪口を持つ手をふと止めて、黎二郎は考え込む。

「黎二郎？」

「美緒《みお》殿の親父殿はどうだ？」

「立花《たちばな》殿に！」

太一郎はさすがに顔色を変えた。

「ば、馬鹿を申すな！」

「囮？」

「しょうがねえだろ。まさか、兄貴の舅殿に頼むわけにはいかねえし……幸い、まだ結納も交わしてねえから、立花の親父さんと兄貴のあいだの関係も、世間には知られてねえし……」

「しかし、俺のお役目のことで立花殿にご迷惑をおかけするわけには……」

「そんなこと言ってると、いつまでも下手人捕まえられねえぜ」

「…………」

「ま、いいからいいから、万事俺に任せておけって」

「しかし、黎二郎――」

「じゃ、他になにか、いい考えがあるのかよ？」

「しかし、囮など、巧くいくだろうか」

「巧くいくかどうか、やってみなきゃわかんねえだろ。やってみて、巧くいかねえようなら、また別の方法を考えるしかねえけどな」

「それはそうだが……」

猪口の中の酒をじっと見つめて黙り込んだのは、黎二郎の提案を本気で検討しはじめた証拠であった。

「やってみなければわからぬか」

そして意を決したのかつと顔をあげ、

「それはともかく、黎二郎」

強い目で黎二郎を見つめる。

「え？」

「そろそろ話してくれぬか？」

「な、なにをだよ」

黎二郎は当然面食らう。

「とぼけるな。これでもお前の兄だぞ。このところ、明らかにお前の態度がおかしいことに、気づいてないとでも思っているのか？」

「態度がおかしい、って何のことだよ。わかんねえな」

「叔父上に、何を聞いたのだ？」

「…………」

「そもそも、お前が何故叔父上の許を訪ねたのか、考えてみれば、その目的は、一つしかない」

「なんだって言うんだよ」

極力平静を装って言い返した筈だが、その声音は明らかに上ずっている。

「父上のことであろう」

「…………」

「父上のことで、叔父上からなにを聞いたのだ？　何故俺に隠そうとするんだ？」

「別に、隠そうとしてるわけじゃねえよ」

最早誤魔化しきれぬと観念して、黎二郎は太一郎の目を見返した。

「兄貴は、お役目があって大変だろうから、せめてそれが落ち着いてから、と思ったんだよ」

「落ち着いてからと言うて、このぶんでは、いつになるか……」

「だから、手を貸すって言ってるだろうが」

「すまんな」

「いいってことよ。兄弟じゃねえか」

「が、それはそれとして――」

「ん？」

「そういう理由で先延ばしにされるのは心外だ。聞かしてもらおう」

「…………」

「黎二郎」

「わかったよ」

黎二郎は素直に肯き、手の中の猪口の酒をひと息に飲み干した。

「実はな」

だが、再び口を開くまでにしばしのときを要したのは、どこからどう話すべきか、彼なりの思案を固めたのだろう。

第四章　罠

一

「それはまことですか、義姉上《あね》？」

「ええ、間違いありません」

そのとき香奈枝は、必死な表情で、徹次郎の目を見返して言った。

慶太郎の葬儀を無事に終えたその夜のことだった。

「徹次郎殿、話があります」

喪服の香奈枝が、徹次郎の部屋にやって来て、ただならぬことを言った。

「慶太郎殿は、酔っぱらいの喧嘩に巻き込まれて命を落としたわけではありませぬ」

「え？」

「慶太郎殿のお体には、少なくとも、二人以上の者によって害された刀傷がございました」

「見間違いではないのですか？」

とは、徹次郎は問い返さなかった。

香奈枝は世の常の女ではない。ただ美しいだけでなく、聡明で芯《しん》もしっかりしている。武芸の心得もあれば、茶の湯・立花《りっか》から箏《こと》にいたる芸事まで、ほぼ完璧にこなす。狼狽《うろた》えて、夫の遺体を見誤るなどということは、彼女に限っては絶対にあり得ないのだ。

「では、一体誰が兄上を？」

「…………」

「義姉上？」

黙り込んだ香奈枝の顔を、徹次郎はジッと見返した。

話の内容が内容だけに、いま香奈枝は、息がかかるほど近くで、声を落としている。下手《へた》をすれば、喪服の下のその鼓動の音まで聞こえてきそうな静寂に耐えられるほど、徹次郎の心は強くなかった。

「義姉上？」

徹次郎は再度呼びかけた。沈黙に耐えられなかったからにほかならない。

「亡くなられる数日前、『気になることがある』と、慶太郎殿は仰せられておられました」

「気になること、とは?」

「わかりません。たぶん、お役目に関することだと思いますが」

「お役目、ですか?」

慶太郎のお役目は小普請方吟味役である。小普請奉行配下に属し、主に、お城や寺院の建築・修繕の手配を行う。通常、命の危険を伴うようなものではない筈だ。

では、兄のお役目のなにが、兄を死に追いやったのか。当然徹次郎は不審に思った。

「なにか、知ってはならぬことを知ってしまったのではないでしょうか」

「知ってはならぬこと、とは?」

「小普請方は、お奉行もその配下も、その気になれば、いくらでも賄賂《わいろ》を受け取ることが可能な筈です」

「それは……」

「どんなお役目であれ、その気になれば、いくらでも、不正をはたらくのが可能だということです」

途切れることなく述べられる香奈枝の言葉を、半ば茫然と徹次郎は聞いていた。

その唇から漏らされる声音は、こんなときですら徹次郎を魅了してやまない。まるで甘い睦言《むつごと》であるかのように、徹次郎は錯覚してしまう。

(俺は……こんなときになんということを)

そして慌てて、激しく己を恥じる。

「では、義姉上は、兄上が、お役目の途上で、なにか知ってはならぬことを知ってしまったがために、それを快く思わぬ者から殺されたのだとお考えですか?」

「………」

「もしそうだとして、義姉上はどうなさるおつもりか?」

徹次郎から矢継ぎ早に問い返され、香奈枝は沈黙した。

しばし口を噤んで考え込んでいたが、

「お願いがございます、徹次郎殿」

「え?」

やがて思いつめた顔つきで述べた言葉は、徹次郎を戸惑わせた。

「それとなく、調べていただけませぬか?」

「え?　それがしが?」

「ええ」

「な、なにを調べるのです？」

「あなた様は、慶太郎殿のあとを継いで来嶋家の当主になられます」

「そ、それは……」

「当主の急死による相続ですから、小普請方吟味役というお役目も、そのまま引き継がれることと思います。なれば、慶太郎殿がなにを調べておられたのか、おわかりになる筈です」

「兄上が命を落とされることになった、その理由を、それがしが探るのでござるか？」

徹次郎はさすがに身のうちの震える思いがした。

太一郎が未だ成人に達していない以上、来嶋家の家督は徹次郎が継ぐことになる。前当主の急死による相続であるから、役職もそっくり引き継がれることになるだろう。

だが、香奈枝の言うとおり、慶太郎が、なにか重大な事実を知ったが故に、何者かによって命を奪われたのだとすれば、その同じ事実を知ったとき、自分も命を奪われることになるではないか。

「無理をなさる必要はないのです」

徹次郎の面上に淡い恐怖が滲んでいるのを、目敏《めざと》く見抜いたのだろう。香奈枝の口調は柔らかくなる。

「徹次郎殿は、ただお勤めに励まれるだけでよいのです。敵は、徹次郎殿には手を出さぬ筈です」

（でも貴女は、はっきり「敵」だと言っているじゃありませんか）

心の中でだけ、徹次郎は抗議した。

「来嶋家を取り潰すのが目的なら、勿論あなたも殺されるでしょう、徹次郎殿」

「…………」

「ですが、敵は、慶太郎殿を暗殺したのです。それと覚られぬよう、小細工をして

──」

「小細工？」

「酔っぱらいの喧嘩に巻き込まれたなどという虚偽をでっちあげたのです。あの朝、私を呼びに来た町方の者、連れて行かれた番屋の者たち……皆、取り込まれていたのでしょう」

「…………」

「それだけの手間をかけて、慶太郎殿を密かに葬ったのですよ。すべては殺しだと知

られぬために。……つまり、慶太郎殿だけをこっそり葬りたかったのです。それ故、あなたに手出しはしない筈です」

「そ、そうでしょうか」

「ただ——」

「はい？」

「あなたに、近づいてくる者はいるかもしれません。親しげに声をかけ、さも善人のようなふりをして——」

「…………」

「それが、慶太郎殿の命を奪った張本人です」

「まさか」

徹次郎は思わず目を見開く。

「町方や番屋の者たちまで容易《たやす》く取り込めるような相手ですよ。その気になれば、来嶋の家など、簡単に取り潰すこともできた筈です。でも、そうはしなかったのです。つまり、あなたや私、それに、息子たちまでどうこうしようという気はないのです」

「そうでしょうか」

「勿論、私たちが騙されたふりをして、目をつぶっていれば、の話です」

「では、それがしが下手《へた》に動いては拙《まず》いのではありませぬか?」

「ですから、あなたはなにもなさる必要はありません。ただ、真面目に、お勤めにお励みください。そして、ある日何食わぬ顔で近づいてきて、親しげに振る舞う者があれば、その者の名を、私に教えてください」

「その者が、仮に、兄上を亡き者にした張本人だったとして、義姉上はどうなされるおつもりです?」

「………」

徹次郎の再度の問いにも、結局香奈枝は答えなかった。しばし口を閉ざし、厳しく虚空を見据えていたが、

「わかりません」

しばらく後、ポツリと言った。

「わかりませんが、このままでは……いいえ、断じてこのまますませるわけにはいきません」

あとの言葉は口中に低く呟かれたもので、徹次郎の耳には届かなかったかもしれない。

しかし、厳しさと憂いを湛えたその横顔に向かって、それ以上言葉をかけることは

躊躇《ためら》われた。徹次郎はそのとき、ただ黙って見つめていることしかできなかった。

「兄上は、少なくとも二人以上の仕手によって殺されたのだ。それは間違いない」

と徹次郎は言った。

「父上のご遺体を、叔父上は見てないいんだろ？　直に検《あらた》めたのは、おふくろ様だけなんだろ」

話を聞き終えて、黎二郎は当然訝《いぶか》った。

「儂などが検めるより、余程確かだ、香奈枝殿の目は。……香奈枝殿の父上は養生所の医師で、香奈枝殿も幼い頃は薬園の内に住まわれていたため、怪我人や死人などは見馴れておられるのだ」

「そ、そうなのか？　初耳だぜ」

少なからず、黎二郎は驚いた。

「貧乏御家人の娘じゃなかったのか？」

「幼くしてご両親と死別されたため、子のなかったご親戚の養女となられたのだ」

「知らなかったよ。……で、その養家で、武芸を仕込まれたんだろ？」

「ああ。御養父は、公儀隠密黒鍬組《くろくわぐみ》の組士であった」

「お役目の最中に命を落として、母上もそのあとを追うように亡くなられたから、おふくろ様には、帰る実家がねえんだよな？」

己の知る事実を確認するため、黎二郎は一応問い返した。

「そうだ。香奈枝殿には、来嶋の家以外、最早三界《もはやさんがい》に家はない」

応える徹次郎の声音は、どこか感慨深げであった。

（無理もねえ）

黎二郎には、叔父の気持ちがよくわかった。この世で最も愛しく思う女のおかれた境遇を思えば、男なら誰でもそういう気持ちになる。

（この叔父上にもう少し勇気があれば、俺たち兄弟は、いまごろ、このひとのことを、叔父上じゃなく、父上と呼んでたかもしれねえんだなぁ）

黎二郎もまた感慨深く思ったとき、

「ともあれ、兄上のあとを継いで城に出仕するようになってまもなく、義姉上の仰せられたとおり、儂は声をかけられたのだ」

再び意を決して、徹次郎が言った。

「誰に？」

黎二郎も我に返って問い返した。

それこそが、叔父から最も聞き出したかったことにほかならない。

「ときの若年寄・安藤信成《あんどうのぶなり》殿」

「若年寄が、なんで一介の小普請方吟味役なんかに声をかけるんだよ！　そいつ、怪しすぎるだろ」

「一応直属の上司だ。不思議はない」

「で、なんて声かけてきたんだよ」

「『兄上はお気の毒であったな。兄上のぶんまで、しっかり勤めよ』と――」

「若年寄が、わざわざそんなこと言ってくるのかよ？」

「勿論、奇異に思い、義姉上に報告した」

「そ、それで？」

思わず身を乗り出して、黎二郎は訊き返す。

「まあ、聞け。安藤殿は、確かに儂に声をかけてくれたが、それはおそらく、安藤殿ご自身の御意志ではなく、安藤殿の後ろにおられる方の御意志であろうと、香奈枝殿は言われた」

「安藤殿の後ろにおられる方って、誰だよ？」

「わからぬなら、少しは黙っていろ。……安藤殿は、その後順当に出世され、いまは老中の職に就いておられる」

「ふうん」

なかなか決定的な名前を口にしない叔父を、不満げな顔つきで黎二郎は見つめる。

「松平越中守《えっちゅうのかみ》様だ」

殊更重々しい口調で、徹次郎はその名を口にした。

「………」

だが、その名を聞いて、大仰《おおぎょう》に目を見張れるほどには、黎二郎は幕閣の事情に詳しくはなかった。

「越中守様は、老中を退《しりぞ》かれてからは、白河藩《しらかわ》の内政に専念しておられるが、現在の老中方に対しても、未だ隠然たる影響力をお持ちだ」

「それで、そいつは闇公方《やみくぼう》って呼ばれてんのか？」

黎二郎は、とうとう堪えきれずに問い返した。

「さあ、そんなあだ名があることまでは、儂は知らなんだが……」

「けど、空蟬殿ってのは、どうもピンとこねぇなぁ」

黎二郎は頻《しき》りに首を捻った。

「闇公方って呼ばれてるような権力者に、空蟬なんて儚《はかな》げなあだ名つけるか、普通？

矛盾《むじゅん》してんだろうが。……叔父上もそう思うだろ?」

「そんなことは、知らぬ」

徹次郎は終始不機嫌だった。

「儂が知っているのはそれだけだ」

黎二郎の口車《くちぐるま》に乗って十五年来の秘事を話してしまったことを、激しく悔いているのだろう。

二

「先のご老中が、父上を?」

黎二郎の話を聞き終えるや否や、太一郎は鋭く問い返した。

「叔父上は、はっきりそう言ったわけじゃねえけどな」

「だが、だとしたら、如何なる理由で?」

「知らねえよ」

「おかしいではないか!」

「な……なにが?」

　太一郎の語気の激しさに辟易《へきえき》しつつ、黎二郎は問い返す。

「仮に、先のご老中が父上を殺したのだとすれば、それは即ち、父上が、あの方の政敵であったからにほかなるまい。父上が亡くなられたあの当時、確かに、未だ田沼《たぬま》様のご権勢下であった。また、田沼様には、あの御方が将軍家のお世継ぎになられるのを邪魔したとの噂もある。あの御方は田沼様を憎んでおられたかもしれぬ。だが、父上は、田沼様の腹心というわけではなかった筈だ」

「そうなのか？」

「ああ」

「でも、なんでそんなことわかるんだよ？　父上が死んだとき、兄貴だって、俺と同じようなガキだったじゃねえか」

「…………」

　太一郎は容易く、答えに窮した。

　御城中で、目付らの雑談を盗み聞きした際、「来嶋慶太郎は、田沼様の腹心というわけではなかった」という言葉を耳にしたからだ、と言うのは、あまりに心許《こころもと》ない気がしたのだ。

「兄貴はおふくろ様からなにか聞いてるのかよ？」

「いや……」

口ごもりながら、太一郎は、黎二郎の話を聞いた自分が存外冷静であることに、自分でも驚いていた。

城内で目付たちの話を盗み聞きしたときから、ある程度予想はできていた。母や叔父は強く否定したが、その言葉をすべて信じたわけではない。なにしろ香奈枝は、

「慶太郎殿には女がいたのです。あの日は、女に会いに行って不覚をとり、命を落とされたのです」

とまで言い切った。

太一郎には当然信じられなかったし、何れ《いず》は真実を突きとめたい、とも思っていた。黎二郎の態度がおかしいと感じはじめたときから、彼がなにかを知り、それが、亡父の死の真相に関するものだ、ということは充分に予想できた。

予想はできたが、黎二郎の話は、太一郎の予想を遥かに上回っていた筈だ。

それなのに、太一郎はさほどそのことに驚いていない。

「なんにも聞いてなくて、よくそんなに落ち着いていられるな。……俺は正直言ってビビッたぜ」

黎二郎に指摘されると、

「別に、落ち着いてるわけじゃない。充分に驚いている」

太一郎は苦笑した。

「驚きが大きすぎて、どういう顔をすればいいか、わからんだけだ」

「ふうん、そんなもんかね」

黎二郎は不満げに口を尖《とが》らせると、思い出したように猪口《ちょこ》の酒を口に含んだ。一度含むと火がついて、二、三杯、手酌で呷《あお》った。

「だが、納得はできる」

そんな黎二郎をじっと見つめながら、どこまでも落ち着いた声音で太一郎は言う。

「え？」

「母上や叔父上が、必死で真実を隠そうとしたことも、納得できるというのだ。これほどの大物が相手では、我らの手にあまる」

「それは……そうだろうけどよう」

「それ故母上は、敵の影が垣間《かいま》見えた途端、それ以上深入りすべきではないと判断されたのだ」

「それで、敵の目を眩《くら》ますために、女大石を気取ったってわけかよ」

「女大石？」

「役者狂いに着道楽……城中でも噂になってんだろ」

「そうか。母上は、そこまでお考えに……」

「兄貴や、俺たちを守るためだぜ」

「そうだな」

太一郎も猪口を手にとり、ひと口含む。

口中の酒は、僅かに苦《にが》く感じられた。親が子のためを思うのは当然だが、そのために為せることは限られている。香奈枝は、文字どおり、己にでき得る限りの知恵と方法を用いて、子らと来嶋の家を守ってきた。

「で、兄貴はどう思うよ？」

「ん？」

「このままでいいと思うか？　俺たちの手にあまるからって、このまま有耶無耶《うやむや》にしてもいいのかよ」

「…………」

「父上は、殺されたんだぜ」

「ああ」

「罪もねえのに、だぜ」

「…………」

「武士として、兄貴はこのままでいいと思うのかよ」

「では、どうしようと言うのだ。迂闊に手を出せば、母上の折角のご配慮が無駄になるのだぞ」

「そうだけど……」

強い口調で太一郎に言い返され、黎二郎は忽《たちま》ち口ごもった。

「相手は、そうしようと思えば、来嶋の家など簡単に潰すことができるんだぞ。折角母上が守ってくれた来嶋の家を、潰すわけにはいかぬ」

「…………」

「あの御方に逆らって、俺もお前も、無事ですむわけがない。勿論、順三郎も――」

「そうだ、順！」

不意になにか思いついたらしく、黎二郎の満面に喜色が漲《みなぎ》る。

「順の奴、若年寄の息子と仲良くなったじゃねえか。京極って若年寄は、兄貴のことも気にかけてくれてんだろ。そっちのほうから、なにかできるんじゃねえのかよ」

「馬鹿なことを言うな」

太一郎は一蹴《いっしゅう》した。

「順三郎が京極様の御子息とご懇意にしている。ありがたいことだ。順三郎にとってははじめての友だぞ。それを、利用するような真似は断じてできぬ」

「………」

「順三郎には、なにも言うなよ」

「わかってるよ」

不貞腐《ふてくさ》れた口調で黎二郎は言い、また手酌で注いで、二度三度と猪口の中味を干す。できれば心地よい酔いが訪れるまで飲み続けたいが、なかなか酔いは訪れない。

「あまり、飲み過ぎるな」

「わかってるよ」

兄から注意され、黎二郎は更に不貞腐《ふてくさ》れた口調で言い返す。

「兎《と》も角《かく》、いまは贋作一味の探索が最優先だ」

「………」

「お前も言ってくれただろう、俺のお役目が一段落するまでは、と。……手を貸してくれるのだろうな？」

「え」

「まさか、その場限りのでまかせを言ったわけではないだろうな。手伝う気もないのに、いい加減なことを……」

「ち、違うよ。でまかせなんかじゃねえよ」

「ならば、手伝ってくれるのだな？」

「兄貴……」

　太一郎を見返す黎二郎の目に、見る見る喜色が漲っていった。兄の言葉が、これほど嬉しく耳に響いたのは、生まれてはじめてのことだったかもしれない。

「頼りにしているんだぞ」

「うん」

　嬉しすぎて、不覚にも目頭《めがしら》が熱くなった。

「ああ、わかってるよ。……囮《おとり》を使って一味を誘《おび》き出して……じきにお縄だ」

「そんなに上手《うま》くいくかな？」

「上手くやるよ」

　誇らしげな顔で黎二郎は応え、兄の猪口に酒を注いだ。胸の奥がじんわりと熱く疼《うず》いたのは、心地よい酔いが訪れたせいだろう。

「そうですか。すべて、話してしまわれたのですか」

さほど顔色を変えることなく香奈枝は言った。

「黎二郎に話されたなら、何《いず》れは太一郎の耳にも入りましょう」

「しかし黎二郎は、此度《こたび》の太一郎のお役目が果たされるまでは言わぬつもりかと……」

「それはどうでしょう。太一郎とて、馬鹿ではありません」

「…………」

「黎二郎の様子が明らかにおかしければ、なにがあった、と問い詰めることでしょう。黎二郎は、世慣れているようでも、案外兄には弱いのです。問い詰められれば、黙っていることはできないでしょう」

憂いを帯びたその瞳は、既に目の前にいる男のことを映してはいない。白い頤《おとがい》をやや上向け、目に見えぬなにかをジッと見つめていた。

庭の紅梅が、そろそろほころびはじめている。慶太郎が生きていた頃、毎年一緒に見るのを楽しみにしていた。慶太郎が亡くなってからしばらくは見るのが辛く、梅の季節にはなるべく庭に出ないようにしていた。

だが、どんなに辛くとも、人の気持ちとは関わりなく季節はめぐる。

徹次郎が自ら屋敷を訪れたときから、香奈枝には、彼の用件がなんなのか、薄々はわかっていた。

太一郎に家督を譲り、隠居してからは一切寄りつかなかった来嶋の家に、自らやって来た。余程の事態が出来《しゅったい》したからに違いない。

「すべて、無駄になりましたね、徹次郎殿」

「申し訳ございません」

「いいえ」

平身低頭するばかりな徹次郎に、それでも香奈枝は笑顔を見せた。

「仕方ありません。どうせ何《いず》れはわかることですから」

「義姉上」

「お詫びを申し上げねばならぬのは、私のほうです」

淋しく微笑しながら、香奈枝は言った。

「隠し事をしていたせいで、あなた様を、生まれ育った家から遠ざけてしまいました」

「…………」

「本来なら、この家から出て行くべきは、私共のほうなのに……」

「なにをおっしゃる。貴女は来嶋家の長男の妻、出て行かねばならぬ道理などございません」

「私たちが出て行けば、徹次郎殿は妻を娶られて子をなし、やがてはその御子が、来嶋家を継ぐことになったでしょう」

「ば、馬鹿なことをッ」

徹次郎は思わず大声を発した。

「来嶋家の跡取りは太一郎以外おりませぬ。兄上の子にあとを継がせぬなど、あってよいことかッ！」

「徹次郎殿」

微笑んだままの顔で、興奮する徹次郎を香奈枝はじっと見つめている。

「あなた様には、心から感謝しております。本当に、心より……」

「義姉上……」

「私は、思い違いをしていたのかもしれません。太一郎は最早一人前の男子です。自ら為すべきことは、自ら決めるでしょう」

「しかし、義姉上――」

「そうです。自ら、決めねばなりません」

口中に低く呟かれた香奈枝の言葉は、おそらく自分自身に向けて吐かれたものだろう。香奈枝の目は、既に目の前の徹次郎をとらえてはいなかった。

ただ、庭の紅梅を——紅梅の蕾をぼんやり見つめていた。

三

「もっと古いものはないか？」

矯《た》めつ眇《すが》めつ眺めた掛け軸の絵を元に戻しながら黎二郎は言い、

「もっと若い頃の作はないか？」

すぐにそう言い直した。

「若い頃の作でございますか？」

骨董屋の主人は鸚鵡《おうむ》返しに問い返す。

黎二郎は、大旗本の用人《ようにん》といった風情の黒紋服を身に着けている。長身の上に男でも惚れ惚れするような美男ぶりである。身なりさえきっちりしていれば、どこから見ても立派な武士だ。

「元信《もとのぶ》は、若い頃は父・正信《まさのぶ》の模倣のような山水画が多く、後年の華やかな色遣いは見られませぬが……」

「いや、それがよいのだ。うちの殿は、元々水墨画がお好きでな。本当は雪舟をお望みなのだが、いくらなんでも、千石の身分では分に過ぎる。それで、元信の若い頃の作を、な。なんなら、その父・正信の作でもよいのだが」

「なるほど」

主人は一旦納得したものの、

「されど、時代が時代でございますから、正信・元信でも、些かお値ははるかと……」

やや言いにくそうに告げてくる。

「まあ、多少は仕方ないだろう。……急ぎはせぬから、よい出物があれば、声をかけてくれぬか」

「それはかまいませぬが……」

「ああ、申しおくれた」

框《かまち》から腰を上げざま、黎二郎はふと思い出したように、

「拙者は、小普請方吟味役・立花三左右衛門が家臣にて、来嶋黎二郎と申す。お屋敷は、下谷車坂町《したやくるまざかちょう》だ」

丁寧に名乗って、店をあとにした。

（さて、もう二、三軒まわっとくか）

店を一歩出ると、黎二郎は懐手《ふところで》をして歩き出す。

立花家の用人を装って骨董商・古道具屋をまわるようになって丸三日。好事家の主人のために、骨董品を探しまわる家来の役を一生懸命演じているが、立花家のほうには未だなんの話も来ていない。

（てっきり、福江のおっさんが最初に掛け軸を持ち込んだ牛込の『加賀屋』ってのが、贋作一味とつながってると思ったんだけどな）

孝四郎の言っていた『加賀屋』には、真っ先に行ってみた。

抜け目のなさそうな五十がらみの主人・藤兵衛は、黎二郎を上客と見るや、あれこれ売りつけようと躍起になっていたが、商売熱心だということ以外、特に怪しい様子はみられなかった。

（隠れ家の質屋を火盗に売ったくらいだ。敵も、目付が探索をはじめたと知って慎重になってるんだろうな）

昔ながらの古道具屋や骨董商が多く建ち並ぶ牛込《うしごめ》、小日向《こひなた》のあたりをそぞろ歩きながら、黎二郎は思った。

その足どりは存外軽い。決していやではないのだ。なにより、兄から頼りにされているのが嬉しくてならない。

(兄貴が俺に、手を貸してくれ、と言った。頼りにしてる、とも言った——)

それだけでもう、天にも昇る心地だった。

幼い頃から、なにかというと兄に対抗意識を持ち、逆らい、喧嘩ばかりしていたが、だからといって、別に太一郎のことが嫌いだったわけではない。父の面影を持つ兄が羨ましく、ときに兄の中に亡き夫を見ているような母の視線が妬《ねた》ましくもあった。

だが、そんな黎二郎自身、兄の中に亡父を見出すことも屢々だった。それ故一層、兄への対抗意識が湧いたのかもしれない。

その兄から、頼りにしている、と言われたことで、黎二郎の心には清々《すがすが》しい風が吹き込んだかのようだった。

(待ってろよ、兄貴。手柄を立させてやるからな)

その清々しい風に背中をおされるせいか、黎二郎の足どりは嬉々として軽かった。

古道具屋巡りのあと、黎二郎は下谷の立花家へ戻った。

万一、黎二郎を尾行する者があった場合の用心である。

話はついているので、門番に目礼をして脇門から入れてもらう。玄関には向かわず、住み込みの中間《ちゅうげん》や小者たちが寝泊まりする平長屋のほうへ足を向けた。

勿論、当主の三左右衛門とは話がついていて、空き部屋を使わせてもらっている。ここでいつもの青地錦の着物に着替えて裏口からこっそり出れば、尾行者にも気づかれることはない筈だ。

「黎二郎様」

不意に、背後から名を呼ばれて黎二郎は凍りついた。その声が、聞き覚えのある女の声音だったためだ。

「美緒殿」

恐る恐る振り向くと、稽古着姿の美緒が、化粧気のない顔で微笑んでいる。素振りでもしていたのか、少しく汗ばんでいるようだった。

「毎日、ご精が出ますね」

「ああ、美緒殿も、ご精進なさっておられるようですね。今日も稽古ですか?」

殊更《ことさら》明るく問い返した。

「はい。日々精進して、いつか必ず、黎二郎様から一本とります」

迷いのない美緒の笑顔に、一瞬間黎二郎は見とれた。化粧気のないその顔は、意志の強さが感じられるくっきりとした顔だち故か、少年のようにも見える。本来なら、全く好みではない筈の女の顔が、何故かそのとき、不思議なほど眩《まぶ》しく黎二郎の目に映った。

「ところで黎二郎様――」

「ん？」

「このままお帰りになられるおつもりですか？」

「え？」

「困ります」

「…………」

「一言、父にご挨拶していただかないと――」

「いや、それは……」

美緒の思惑がわかって、黎二郎は焦った。

「お義父上《ちち》も、お忙しいかと思いまして……いや、別に黙って立ち去るつもりではなかったのですが……それに、お食事時《どき》にお邪魔してはご迷惑かとも……」

交々《こもごも》と言い訳すると、

「嘘です」

ゾッとするほど鮮やかな笑顔を、美緒は見せた。

「え」

「父は、まだ帰宅しておりません」

「さ、左様か」

ホッとすると同時に、黎二郎は少しく戸惑う。

「なれど、もうしばらく、当家にお留まりになったほうがよろしいかと存じます」

「え？」

「すぐに表へ出られますと、昨日より当家のまわりをうろうろしている胡乱《うろん》な者共と鉢合わせしてしまいます」

「え、昨日から？」

「はい。目つきの悪い、破落戸《ごろつき》のような男たちが二人――」

「本当ですか？」

「ええ。昨日、道場の帰りに見かけたもので、『当家になにかご用ですか』と声をかけたら、慌てて逃げて行きました」

「そんな、危ない真似を――」

言いかけて、だが黎二郎は途中で気まずげに言葉を止めた。そんな危険を立花家に運んできたのは他ならぬ黎二郎である。

「美緒殿は、外出される際、得物《えもの》を帯びていますか？」

以前、伊庭《いば》道場に呼び出され、美緒と立ち合った際、彼女が供も連れず一人で道場まで来ていたことを思い出しながら、黎二郎は訊ねた。

いくら腕が立つといっても、素手で男二人を相手にするのは危険である。

「勿論、小太刀を身につけております」

「それならいいが……」

一旦安堵しかけてから、だが、

「いや、小太刀じゃ間合いが狭いな。貴女にはもっと長い得物のほうがいい。……大刀で、人を斬ったことはありますか？」

黎二郎は真顔で問い直した。

「いいえ、さすがにそれは……」

困惑気味に、美緒は首を振る。

「女の手には、大刀は重すぎるか。……だったら、木刀がいい。これから外出するときは、木刀を持って行ってください」

「木刀ですか？」

「ええ、木刀です。木刀なら、竹刀《しない》とさほど重さも変わらない。木刀を持てば、貴女は無敵だ」

「…………」

「いいですね。しばらくのあいだ、外出の際には木刀を持ち歩いてください」

「私の……身を、案じてくださるのですか」

黎二郎の語気に気圧《けお》され、戸惑いがちに美緒は問い返す。

「当たり前でしょう。許婚者《いいなずけ》なんだし――」

さらりと応えた黎二郎の言葉に驚き、美緒は一瞬大きく目を見開いた。

「あ……ありがとうございます」

「いや、元はと言えば、俺がこちらに迷惑をかけてるんだし……本当に、申し訳ない」

柄にもなく威儀を正して頭を下げた黎二郎を、美緒はしばし感慨深げに見つめていた。

「すべては兄上様のためでございましょう？」

「…………」

「御兄弟の絆《きずな》とは、斯《か》くも強いものなのですね。兄弟のいない私には羨ましゅうございます」

「美緒殿」

「早く、贋作一味を捕らえられるとよいですね」

「はい」

しんみりとした美緒の口調に、黎二郎も素直に肯く。

最悪の出会い方をしたため、心を開くことが難しい相手だが、近頃は随分自然に話ができるようになってきた。優しい言葉をかけてもらえば、こちらの心も自然とほぐれるものだ。

「もうすぐ夕餉の仕度が調《ととの》います。どうか、召しあがって行ってくださいませ」

「は、はい、よろこんで――」

黎二郎は思わず答えていた。

断れるわけがなかった。

「ところで黎二郎様」

先に立って数歩歩き出し、だがふと足を止めて黎二郎を顧みると、

「私は、小太刀の指南も充分に受けておりますので、小太刀の短い間合いでも、後《おく》れをとることはないかと存じます」

ニッコリ笑って美緒は言った。

やや呆気《あつけ》にとられて黎二郎は見つめた。

「そ、そうですか」

言い捨てて、再び歩を進めだした美緒の背を、やや呆気にとられて黎二郎は見つめた。

(ったく、どこまで勝ち気なんだよ)

内心呆れつつも、同時にそれを微笑ましく思っている自分に気づく。

四

この件を頼んだ際、意外や三左右衛門は、

「婿殿の頼みなら」

と、二つ返事で了承してくれた。

「兄上のお力になってさしあげたい、というお気持ちも、見上げたものじゃ。存分に我が名を使われよ」

少々無理をしていることはわかりきっていたが、黎二郎は敢えて見て見ぬふりをした。とにかく、ここは三左右衛門を頼るよりほか、他に手だてがなかったのだ。

タカをくっているところもあった。相手は、贋作を売りつけて金をせしめるのが目的の一味だ。間違っても、相手の命を害そうなどとは思わないだろう、と。

しかし、当初はタカをくっていた黎二郎だが、敵もこちらの予想を超えてきている。

一味の組織力は、黎二郎が思うよりずっと強大なものだったらしい。

黎二郎が立花家の用人を名乗って古道具屋めぐりをするようになったその翌日には、立花家のまわりを、怪しい者たちがうろつくようになっていたという。ということは、つまり、黎二郎が初日に立ち寄った古道具屋が、贋作一味に通じていたのだ。

(やっぱり、『加賀屋』だな)

黎二郎は確信すると、早速太一郎に報告した。

「どうする?」

「とにかく、も一度様子を見に行ってみるよ」

「だが、あまり度々《たびたび》訪れては、疑われるのではないか?」

太一郎は心配そうな顔をした。

元々、この計画にはあまり乗り気ではなかった。黎二郎の婿入り先である立花家に迷惑をかけるのも気が進まぬし、計画自体に無理があるような気がしてならない。しかし、結局黎二郎に押しきられた。

「お前が無理をすることで立花殿に迷惑をかけてしまうかもしれぬ。ここは慎重に動いたほうがよい」

「いや、ぐずぐず引き伸ばして、妙な野郎共が立花家のまわりをうろうろするほうが、よっぽど迷惑だろうが」

「それはそうだが……」

「大丈夫。疑われねえように、うまくやるよ」

太一郎の制止を振り切り、その翌日、黎二郎は再び、『加賀屋』を訪ねてみた。

「近くまで来たので、ついでに寄ってみたのだが、その後どうだ？　いい出物はあるか？」

「それは、ちょうどよろしゅうございました。ついいましがた、お望みの品が入ってきたところでして――」

初老の主人――加賀屋藤兵衛は、満面の笑みで黎二郎を迎え入れた。相変わらず、愛想は悪くない。

「お望みどおり、元信の山水画でございます」

「なに、それはまことか？」

「はい。どうぞ、こちらへ――」

と袖を引いて黎二郎を店の奥へ引き入れようとするが、

「待て」

黎二郎はその手をぞんざいに振り払った。

「俺に見せてどうする」

「え？」

「俺が見たとて、画の真贋《しんがん》などわからぬ。買ってほしくば、殿にお見せせよ」

「で、では……」

「お屋敷へ持参するがよい」

「よろしいのですか？」

「勿論だ。元信をご所望なのは我が殿だ。我が殿なれば、その真贋のほども一目瞭然だろう」

「では、早速お屋敷のほうに――」

「殿に話をしておく故、明日にでもお屋敷に来るがよい」

精一杯の重々しい口調で言いおいて、黎二郎は店をあとにした。

そのまま立花家へ駆け込み、城勤めから帰宅したばかりの三左右衛門に報告すると、

「ほう、黎二郎殿の思惑どおりとなったわけじゃな」

将来の義父は、温顔《おんがん》をほころばせてくれた。

「申し訳ございません。義父上に、斯様なご迷惑をおかけすることになってしまい……」

「他人行儀なことを申されるな。最早我らは家族も同然。そなたの兄上もまた、我が家族じゃ。家族のために力を貸すのは当然ではないか」

「そのお言葉、嬉しゅうございます」

畳の縁に額を擦りつけながら、黎二郎は言った。

「ご恩は終生忘れませぬ」

その場限りのいい加減な気持ちから発した言葉ではない。

(やっぱり、この家の婿になるんだな、俺は)

しみじみと思いながら、黎二郎は太一郎の許へ向かったのだった。


翌日加賀屋の主人と若い手代は、暮れ六ツ前に立花家を訪れた。

「殿がお待ちかねだ」

それを立花家の玄関口で出迎えながら、満面の笑顔で黎二郎は言った。幸い三左右衛門は非番であった。

殿——立花三左右衛門は、さすがに緊張した面持ちで加賀屋の主人に対した。

「はい。はじめてお目もじいたします。加賀屋藤兵衛にございます。以後お見知りおきを」

「わざわざ足を運ばせて、すまなんだのう」

(ちょっと、表情がかたいな)

用人のていで三左右衛門の傍らに控えた黎二郎は、内心ヒヤヒヤしながら二人のやりとりを聞いている。

「いいえ、これを機に、是非ご贔屓《ひいき》にしていただけましたら、なによりでございます」

と、ゆっくり顔をあげた加賀屋の目は、三左右衛門の背後の床の間に飾られた「花鳥図」の掛け軸をさり気なくとらえた。作者はわからぬが、狩野派《かのうは》の手によるものであることは間違いなく、贋作ではない。

元信を欲しがっているという主人の部屋に、それらしい掛け軸の一幅もないのはおかしかろうと思い、太一郎に頼んで、舅《しゅうと》の榊原左近将監から借りてもらったものだ。

さすが三千石の大家ともなると、その程度の品は普通にある。

（加賀屋の野郎、案の定品定めしやがったな）

黎二郎は内心激しく舌打ちする。

そのとき、掛け軸を見た藤兵衛の目に、微かな蔑《さげす》みの色が過ぎるのを、決して見逃さなかった。そのくせ口では、

「さすが、お噂に違《たが》わぬよいご趣味でございます」

などと、歯の浮くような言葉を吐く。

（食えねえ野郎だ）

「なにぶん古いものですから、あまり状態はよろしくないのですが——」

と遠慮がちな口調で言いながら、藤兵衛は持参した風呂敷包みを手早く解いた。中には細長い桐箱が三つほど収まっている。その一つを開け、藤兵衛は中の掛け軸をそっと取り出した。

「こちらは、間違いなく、元信の若い頃の作でございます」

優しい手つきで紐解くと、現れたのは、くすんだ色合いの山水画である。唐風の渓山を描いた、よくある絵柄だ。

「確かに元信か？」

眉を顰《ひそ》めて問うたのは黎二郎である。

画の古び具合、ところどころ見られる汚れは、相応の時代を経てきたものと見えなくもない。だが、この時代の山水画はどれも皆、同じような感じだ。古い時代のものというのは本当かもしれないが、作者まではわからない。遊び人ではあっても、黎二郎にはそこまでの鑑定眼はなかった。

（くそ、こんなことなら、いっそ、叔父上を殿様に仕立てればよかったか）

黎二郎が焦って三左右衛門のほうを窺うと、

「…………」

三左右衛門もまた、困惑の表情でその画に見入っている。

「落款《らっかん》をご覧いただければ、おわかりになるかと――」

遠慮がちに藤兵衛は言うが、黎二郎の耳には揶揄《やゆ》としか聞こえなかった。

「如何でございましょう。この時代の元信がお好きでしたら、こちらの品などは、更にお気に召すかと――」

言いつつ藤兵衛は、別の箱を開け、中の掛け軸を、注意深く広げてみせる。

「おッ」

黎二郎の口から微かに驚きの声が漏れ、

「これは……」

三左右衛門もまた、目を瞠ってその画に見入った。三左右衛門とて、一応直参旗本の当主である。書画の知識がまるでないわけではない。

落款を確かめずとも、その画を見れば一目瞭然だった。

「まさか、本物ではあるまい……」

三左右衛門が思わず口走ったのは、無理もない。

「もし本物なら、公方様のお持ち物だとしても不思議はない。……町場の古道具屋に扱える品ではないぞ」

「さあ、それは如何なものでございましょう。なにぶん、こういうものは縁《えにし》にもよりましてな。たとえしがない町場の古道具屋にでも、縁さえあれば、なにがまわってくるかわかりませせぬ」

藤兵衛は――おそらくそれが本性だろう――虎狼のように不敵な笑みを唇辺に滲ませた。それが、黎二郎が徹次郎の家で見たのと同じ贋作なのか、それとも、福江家に伝わる正真正銘の家宝とやらか。それはわからない。

わからないがしかし、藤兵衛が三左右衛門に見せたその掛け軸は、まぎれもなく、雪舟の山水図にほかならなかった。

五

既に五つをまわっていた。話がはずんだとすれば、黎二郎はともかく、三左右衛門もたいした役者だということになる。

（来たか）

加賀屋藤兵衛と手代とが立花家の脇門から出て来たとき、

（まあ、黎二郎と舅殿がうまくやっているなら、それに越したことはないが――）

加賀屋とその手代のあとを尾行《つ》けながら、太一郎は思った。

「加賀屋が贋作一味の仲間なのは間違いねえ。奴を見張ってれば、一味に辿り着くぜ」

と気負い込んで黎二郎が言ったほどには、実のところ、太一郎はこの計画に期待してはいなかった。

仮に加賀屋が一味の仲間だとしても、黎二郎が言うように、易々と一味の隠れ家へ案内してくれるとは思えなかったのだ。

黎二郎が囮の話を持ち出したときは、藁《わら》をも摑む気持ちでつい乗ってしまったが、冷静になればなるほど、この計画の欠点に気づかされてしまう。

だいたい、一味と思《おぼ》しき者を屋敷に招き入れるなど、とんでもない勇み足ではないのか。黎二郎がついていれば、三左右衛門の身に害が及ぶことはないかもしれないが、それでも、太一郎の心は痛む。

(だが、それもこれも、俺が厄介なことを頼んだからだ。すまぬ、黎二郎)

心で弟に詫びながら、太一郎は加賀屋主従のあとを尾行けた。

普通に考えれば、彼らは真っ直ぐ店に戻る筈だ。だが、仮にもう一軒得意先をまわっても、木戸の閉まる時刻には充分間に合うだろう。もしこのまま、彼らが別の旗本屋敷に寄るとすれば、その家の主人も騙されかけていることになる。後日、改めてその家の主人を訪ねよう。とにかくいまは、少しでも手がかりが欲しい。

それが、太一郎の辿り着いた結論だった。

加賀屋の主人と手代は、どうやら期待どおり、真っ直ぐ牛込の店に戻る気はなさそうである。

(しかし、別の客の許へ行くのに、同じ品物を持参してもよいものなのだろうか)

一瞬、そんな疑問が脳裡を掠《かす》める。

だが、そもそも古道具屋の商いというものをよく知らぬ太一郎は、それ以上疑問には思わず、二人のあとを尾行けることに集中した。

二人の足は下谷坂を下って木戸の外へ出ると、どうやら箕輪《みのわ》のほうへ向かっている。別の武家屋敷へ寄るつもりではないらしいと太一郎が気づいたのは、彼らが木戸を出た頃からだ。

（これは、もしや……）

太一郎の胸に、

「うまくいけば、そのまま一味の隠れ家に案内してくれるかもしれねえぜ」

という黎二郎の言葉が甦《よみがえ》り、俄然期待を煽《あお》っていた。

加賀屋藤兵衛とその手代を帰した五つ過ぎ、黎二郎は急ぎ、立花邸を出た。

加賀屋の二人を尾行けた筈の太一郎のあとを追うためにほかならなかった。

既に四半刻が過ぎているため、追いつくことは難しいかもしれない。それに第一、何処へ向かったか、見当もつかない。

（とにかく、牛込の店に行ってみるか）

黎二郎はとりあえず、牛込方面へと足を向けた。まだ木戸の閉まる時刻ではないので、夜間とはいえ、通りには疎《まば》らながらも人影がある。殆どが、千鳥足の酔っぱらいだが。

「あれ、旦那?……来嶋の旦那じゃねえですかい?」

「え?」

すれ違いざま、黎二郎は不意に声をかけられた。

「そんなカッコしてるから、誰かと思っちまいましたよ」

「なんだ、仁吉《にきち》か」

すぐ間近で顔を確認すると、《合羽《かっぱ》》の伝蔵一家の若頭・仁吉だった。

立花家の用人姿のまま飛び出してきたので、いつもの黎二郎を見馴れた仁吉には余程物珍しかったのだろう。

「吉原《なか》の帰りか?」

「へへ……」

仁吉は忽ち相好をくずす。明らかに、妓《おんな》とのことを思い出しているのだろう。

「なんで泊まらねえんだよ?」

心中密かに舌打ちしながら、黎二郎は問い返した。

「いえね、ちょいと賭場のほうを見に行かなきゃならねえんですよ。俺たちが顔出さねえと、ふざけた野郎が騒ぎ起こしたりするもんでね」

「そうか。このところ、全然手伝えなくてすまねえな」

「しょうがねえですよ、大切な兄上様のご用なんでしょう。……あ、そういえば、その兄上様とも、さっきすれ違いましたよ」

「なに？　それは本当か、仁吉？」

「ええ。あっしのようなものが馴れ馴れしくしちゃいけねえと思ったんで、ご挨拶はひかえさせてもらいましたが」

「どこへ行った？」

「え？」

「兄貴がどこへ行ったかわかるか？」

「ああ、下谷坂の木戸を出て、箕輪のほうへ向かわれましたよ」

「箕輪か……ありがとうよ」

仁吉に礼を言いざま、黎二郎はすぐに歩き出した。

（店じゃねえのか）

無意識に足を速める。

ひと口に箕輪といっても広いので、すぐに探し出せるかどうかはわからないが、兎《と》に角《かく》近くへ行こうと思った。店に戻ったのでないとすると、もしかしたら、藤兵衛たちは隠れ家のようなところへ向かったのかもしれない。太一郎の為を思えば、それは大歓迎なのだが、何故だかひどく胸騒ぎがする。

（だいたい、雪舟なんぞ持ってきやがったのも、気にくわねえ）

水墨画を好むと聞いて先回りしたのかもしれないが、本物であれば、千石の立花家ごときに手が出せる代物《しろもの》ではない。長年商いしている古道具屋ならば、それくらいわかる筈だ。それを敢えて見せたのは、加賀屋が、これまで相当阿漕《あこぎ》な商売をしてきた証拠ではないか。

本当に欲しいとなれば、たとえ家を潰してでも購入する者がいるかもしれない。贋作かどうか、わかりもしないで――。

そうやって、贋作を元手に荒稼ぎしていたとすれば、許し難い悪行である。

太一郎は、孝四郎が徹次郎にしたように、知人の許をまわって、少しずつ金を借り倒したのではないか、と予想していたが、一味のやり口はそんなに生易しいものではなさそうだ。

（もしかしたら、敵はこっちの思惑を知った上で、それに乗ってきやがったのかもしれねえ。だとしたら、罠にかけられてんのは、兄貴のほうだ）

そう思うと、気が気ではなかった。

一刻も早く太一郎を見つけねば……。

一刻あまりも、歩いたろうか。

箕輪のあたりを過ぎ、既に根岸《ねぎし》か谷中《やなか》のほうまで来ているのかもしれない。土地勘がないため、いま自分がどのあたりにいるのかもわからなかった。

（いっそ、引き返そうか）

やがて人気《ひとけ》のない畦道《あぜみち》にさしかかったとき、太一郎は少しく逡巡した。

身を隠す場所がいくらでもある町中でなら、かなり距離を詰めて尾行けることも可能であったが、郊外に出てしまうとそうはいかない。木戸を出た頃はまだ雲が晴れていて、月は新月だが、星明かりが地上に洩れていた。それ故、近づき過ぎると相手に気づかれると思い、注意深く距離をとった。

気がつけば、二人の姿が、かなり遠ざかってしまっている。追いつくには小走りになるしかないが、こんな人気のない場所でそんなことをすれば、忽ち尾行に気づかれてしまうだろう。二人が贋作一味の隠れ家に向かっているとは限らないし、ここで引き返すのが無難なのではないか。

（だが、万一、ということもある……）

焦りが極に達したとき、二人の姿が遂に消えた。畦道の果て、こんもり茂った雑木林の中にすっかり入ってしまったのだ。

(しまった!)

太一郎は反射的に走り出した。走れば、雑木林の入口は直ぐ目の前に迫る。これだけ距離があれば、二人に追いつくことはないだろう。

だが、太一郎はつと足を止めた。樹木に頭上を蔽われた雑木林の中は予想以上に暗い。星明かりのとどかぬ、真闇の世界だ。

ツッ、

と目の前で、空気の破れる気配がした。

殺気のこもった白刃が、彼の鼻先を狙ってきたからにほかならない。

「う……………」

思わず身を捻って鋒《きっさき》を躱《かわ》しざま、太一郎は反射的に鯉口《こいぐち》を切った。

(ダメだ、間に合わない!)

絶望の中で、抜刀した。

刀を抜いた途端、重苦しい眩暈《めまい》を覚える。夥《おびただ》しい殺気が、ドッと一度に彼を襲ってきたのだ。

前からも後ろからも――そして、左右からも、ほぼ同時に、切《き》っ尖《さき》を彼に向けて、白刃が殺到する。

ギュシっ、
夢中で、眼前に迫る刃を受け止めた。

だが、背後、左右に迫る刃を避けるためには、じっとしていられない。

「くそぉッ」

敵の刃を力任せに跳ね返しざま、太一郎は跳躍し、そして身を反転させた。ほぼ同時に振り下ろされた刃を、辛うじて避ける。

辛うじて避けたが、次の瞬間、全く予期せぬ方向から、鋭い刃が繰り出された。

寄せ手の数は、太一郎の予想を遥かに超えている。

(無理だ――)

太一郎は自ら地に身を投げ、切っ尖を避けた。

どッ、
と鈍く地を揺らし、太一郎は湿った草の上を転がった。

次の瞬間には、鋭い切っ尖が、己の肉体の何処かを貫いてくるだろうことを、当然覚悟した。

（殺《や》られる）

と思った。だが。

「うごぁッ」

「ぐげへ」

断末魔の悲鳴が二つ重なった。

倒れた自分の周囲に、生臭い血の香がたちのぼるのを、太一郎は嗅ぎとった。二つの死骸は、彼のすぐ目の前に転がっているようだ。

「ガハァっ」

「ぎゃふ」

断末魔の悲鳴が続く。

（誰だ？）

太一郎以外の誰かが、確実に、討手を斬殺している。それも、風の吹き抜けるが如き速さで。

太一郎は慌てて跳ね起きた。刀を構え直し、注意深く周囲をさぐる。その途端、

「下がっておられよ、太一郎殿」

耳許で低く囁かれた。聞き覚えのある声音だった。

「い、出海殿？」

「如何にも――」

「か、忝《かたじけ》のうございます」

「いや、この討手たちを始末したのは、残念ながら、拙者に非《あら》ず――」

「え？」

「ただいま、太一郎殿をお助けして討手を片づけているのは、拙者などより数段上の遣い手でござる。さすがは伊賀の小頭《こがしら》じゃ」

「伊賀の小頭？」

「十平次殿ッ」

切り裂くように鋭い女の声音が、そのときすぐ間近から聞こえてきた。

「無駄口をきくひまがあるなら、少しは手伝うてくだされッ」

「これは申し訳ない、嶌《しま》殿」

十平次は不意に我に返ると、無造作に抜刀しざま身を翻した。

ゴォギっ、
顔面を打たれた殴打の音と、悶絶の声が、完全に重なった。太一郎の目も些か闇に慣れてきたが、如何に目を凝らそうと、十平次の姿はどこにも認められない。ましてや、伊賀の小頭とやらにいたっては、息遣いすら感じられなかった。
ギュン、
ぐはぁ、
ギュン、
ぎゃッ、
ただ、鋼《はがね》のぶつかる刃音と、短い悲鳴が交互に聞こえるばかりであった。
（おのれ！）
自分の命を狙ってきた敵に対して何事も為し得ぬ己の不甲斐なさが、口惜しくてならない。口惜しさに激しくうち震えながら、太一郎はその場で目を閉じ、じっと息をひそめてみた。
微かに、気配をとらえることができる。
息遣い、殺気、激しく交わる刃音……
乱刃の中で、ひっそりと近づいてくる気配に、太一郎の体は生まれて初めて反応した。
がッ、
目を閉じたままで、顔面めがけて振り下ろされる切っ尖を、正眼に構えた刀でしっ

かりと受け止める。受け止め、跳ね返しざま、
ぶわッ、
と跳び退り、跳び退ると同時に大きく跳躍した。刀を、大上段に振り翳しながら
——。

「うぐぁ〜ッ」

太一郎の刀が振り下ろされるのと、直ぐ目の前で絶叫が迸《ほとばし》るのとがほぼ同じ瞬間のことだった。

「見事じゃ、太一郎殿」

出海十平次の声で我に返り、目を開けると、闇に、かなり目が慣れていた。無数の——といっては大袈裟だが、十数人は下らぬ死骸が、あたり一面に転がっている。累々《るいるい》と列《つら》なる死骸の先には、風を受けて闇に立つ人の姿が影絵のようにも見えていた。

肩のあたりで束ねられた長い髪が少しく翻り、しなやか肢体のその腰のあたりで生き物のようにうねっている。

(伊賀の小頭?)

太一郎が眉を顰めて訝ったとき、

「お怪我はございませぬか、来嶋様？」

しなやかな肢体の主が、低く囁くような声音で問うてきた。

「いや、おかげさまで、どこにも――」

「それなら、ようございました。……では――」

「え……あ、あの――」

短い息遣いのような言葉とともに、女は瞬時に姿を消した。素速い動きで闇に紛れたのだが、もとより太一郎の目には消えたようにしか見えない。

「京極様が密かに使うておる伊賀者でござるよ」

「伊賀者？」

「嶌殿は、女子ながらも、小頭として、京極様に仕える忍びを束ねてござる」

「嶌殿……と申されるのですか？」

「あのとおり、風の如きお方なので、儂も殆ど、顔を見たことはないのじゃが――」

「そうなのですか？」

「あの肢体に見事な身ごなし、かなりの美女なのではないかと睨んでおります」

と相好をくずし、声を立てずに十平次は笑った。

「ところで出海殿は、未だそれがしの身辺警護を、義父上から頼まれておいでてしたか」

「若年寄様からなにやら密命が下ったと仄聞《そくぶん》し、大変ご心配なされておられましたぞ」

「そう……ですか」

ぼんやり口走りながら、太一郎は不意にその場に両膝をついた。激しい痛みと、夥《おびただ》しく血の気の失せる感覚に襲われた。

「太一郎殿ッ」

十平次は驚いて助け起こそうとする。

「いかがなされた、太一郎殿」

「いえ、たいしたことは……」

慌てて応えながら、痛みを感じた内股のあたりに手をやると、ベタリと絡みついてくる濡れた感触があった。匂いを嗅いで確かめるまでもない。血であることは間違いなかった。

いつ斬られたという自覚もなかった。それ故嶌には、怪我などしていない、と答えたが、一度それを認識すると、忽ち火のような痛みに襲われる。

「太一郎殿、しっかりなされよ」

「だ、大丈夫で……す。……かすり傷です」

完全にしゃがみ込んでしまった太一郎の耳に、そのとき、ザザザサと枯れ葉を激しく踏みしだいて来る足音が聞こえた。次いで、

「兄貴〜ッ、無事かぁ——ッ？」

大声で喚《よば》う、黎二郎の声も——。

第五章　遥かなる想い

一

「心配をかけて、すまなかった」

威儀を正して太一郎は言ったが、綾乃からの返答はない。かたく唇を閉ざし、畳に視線を落としている。

頑《かたく》なになるのも無理はない。

なにしろ、三日ぶりの夫の帰宅なのだ。

襲撃されたその晩は、黎二郎が寝泊まりしている伝蔵親分の家に泊まった。乱刃の中で斬られたのか、多少怪我をしていたし、時刻も時刻であったから、翌朝早々に帰るつもりであった。だが、余程疲れていたのだろう。非番であるのをよいことに、昼過ぎまで寝てしまった。

「疲れてんだろ、ゆっくり休めよ」

と黎二郎が勧めるので、ついその言葉に従った。漸《ようや》く起きあがる気になったときには既に陽が傾きかけており、外へ出るのも億劫《おっくう》だった。内股の傷は、伝蔵親分の家で手当てされる際、出血の割に浅傷《あさで》であるとわかったが、全然痛くない、と言えば嘘になる。

「義姉上が心配してるだろうから、家には俺が行って来てやるよ。ついでに着替えもあずかってくるから、明日はここからお城へ行けばいいだろ」

「そうだな。明日は宿直《とのい》だから、四つ過ぎの登城だし……」

太一郎は容易《たやす》く黎二郎の言葉に従った。それほど、家に帰りたくなかった、ということだろう。とにかく、母や綾乃の顔を見たくなかった。

そして宿直あけのこの日、太一郎は丸三日ぶりに自宅へ戻った。

黎二郎がどのように話しているのか知る由もないため、いつもどおりの調子で、

「いま戻った」

玄関で出迎える綾乃に告げた。

「おかえりなさいませ」

綾乃の応答も、そこまではいつもどおりだった。だが、無言で太一郎の両刀を預かると、そのまま無言で家の中へと引っ込んで行く。いつもなら、もう一言二言、なにか言葉をかけてくる。

「お食事になさいますか?」とか、「お風呂になさいますか?」とか……。

(怒っているのだろうか)

太一郎がぼんやりその背を見送りながら思ったとき、

「よくもまあ、白々《しらじら》しい顔で帰ってこられたものですね」

綾乃と入れ替わりに玄関に現れた香奈枝が、低く囁いた。

「無断で三日も家を空けておいて、そのことに対して、一言の謝罪もないとは……」

「え?」

太一郎は戸惑った。

「黎二郎から、概《おおむ》ね事情を聞いておられるのではないのですか?」

「黎二郎が、事情の説明などする筈はないでしょう」

「…………」

「一昨日の夕刻ふらりとやって来て、『兄貴の着替え、出してくれ。なんだか家に帰りたくねえみてえだから、明日は伝蔵親分の家から登城すればいい、って勧めてやったんだよ。な、いい考えだろ?』と申したのですよ、言うに事欠いて――」

「え、黎二郎めがそんな戯《ざ》れ言を……」

「戯れ言を口にしたのは、お前ではないのですか、太一郎」

「そ、それがしはなにも……」

「まあ、よい。とにかく、綾乃殿にお謝りなさい。そなたが帰らぬあいだ、どれほどそなたの身を案じたと思うているのです」

「申し訳ございませぬ」

「私に謝ってどうします」

「母上」

「たまには夫婦二人きりで、ゆっくり話をなさい。妻に隠し事をするものではありませんよ。……私は出かけますから」

「え?」

戸惑う太一郎を押し退けるようにして式台に立った香奈枝は、既に用意されている草履に、素早く足をのせる。

(また、芝居か?)

「榊原様のお茶席に呼ばれたのです」

太一郎の心の声を聞いたのか、数歩踏み出したところでふと顧みて香奈枝は言った。

「え、綾乃の実家に？」

「そうですよ。それがなにか？」

「いいえ……しかし、こんなに朝早くから行かれるのですか？」

「これだから、気の利かない者は困りますね。嫁の実家に手ぶらで行けますか。途中で、なにか手土産を買い求めるに決まっているでしょう。お茶会は、午《ひる》の刻より昼餉《ひるげ》をいただいたあとです」

「…………」

「よいですね、太一郎。くれぐれも、綾乃殿に隠し事をしてはいけませんよ」

「はい」

仕方なく答えて、太一郎は香奈枝の後ろ姿を見送った。

そういえば、いつも芝居見物に行くときのように派手な色の着物ではなく、礼服かと思うような黒縮緬《ちりめん》の、落ち着いた裾模様の着物を纏《まと》っていた。

(気遣いは、本当に行き届いた御方なんだがなぁ)

しみじみと思ってから、太一郎はふと我に返って綾乃のあとを追った。

そして綾乃の待つ居間に入り、着座するなり、威儀を正して詫びを言ったのだ。

　だが、それに対して、綾乃は返事をしなかった。何を考えているのかわからぬ白い面《おもて》を俯《うつむ》け、端座《たんざ》している。言葉を発さぬその体から、目に見えぬ激しい感情が迸《ほとばし》っているであろうことは、太一郎にも想像できたが、その感情がなんなのかまでは、わからない。故に、

「本当に、すまなかった」

　太一郎はもう一度、謝罪の言葉を口にした。

　それでも綾乃は、頑なに口を閉ざしたままだった。その様子を見て、太一郎は些か疑問に思う。

「綾乃殿にすべてお話しなさい」

　と香奈枝は言ったが、果たして本当にそうすべきなのだろうか。すべてを話せば、綾乃は一層太一郎の身を案じ、気が遠くなるほど心配するのではないのだろうか。

　逡巡していると、

「義母《はは》上様に、伺いました」

　低く押し殺した声音で、唐突に綾乃が言った。

「な、なにを?」

「義父《ちち》上様が亡くなられた日のことでございます。……お帰りにならぬ義父上様を案

じられて、義母上様は、ひと晩中まんじりともできなかったそうでございます」

「…………」

「私も、同じでございました」

綾乃の言葉は、太一郎の胸を鋭く貫いた。

「まんじりとも、いたしませんでした」

「すまぬ」

かぶせるように言い、太一郎は小さく頭を下げていた。心からその言葉を発したからにほかならない。

「別に、隠し事をするつもりはなかった。ただ、そなたに余計な心配をかけたくなかったのだ」

「余計な心配とは？」

「い、いや、そなたには、この家のやりくりや、千佐登の世話で面倒をかけておる。……これ以上、そなたに苦労をかけたくはなかったのだ」

「旦那様は、心得違いをなさっておられます」

刃の如き綾乃の言葉が、再び太一郎を糾弾《きゅうだん》する。

「妻とは、そもそも、夫の迷惑をすべて被るものだと、義母上様が仰せられておられました。私も、そう思います」

「……………」

綾乃の雄弁を、殆ど呆気にとられて、太一郎は聞いていた。まさしく、母の香奈枝が乗り移ったかのようだ、と思った。

「旦那様は、何故私に、遠慮なさるのでございます？」

「別に、遠慮などしておらぬが」

「いいえ」

強い視線で太一郎を射竦《いすく》めながら、綾乃は言う。それもまた、日頃の綾乃には珍しいことだった。いつもなら、控えめに顔を伏せ、太一郎のことを、決して真っ直ぐ見据えたりはしない。

「いつも、遠慮していらっしゃいます」

「……………」

「格上の家から嫁いできた権高《けんだか》な女を、煙たく思っていらっしゃるのです」

「な、何を言う。そなたは権高な女などではないぞ、綾乃」

「いいえ、いいえ……」

太一郎の言葉に強く反撥しながらも、綾乃の言葉つきは、次第にあやしくなってくる。

「私は……太一郎様、いえ、旦那様に……子供の頃から……」

「どうした、綾乃？」

凜として端座していた筈の綾乃の体が微妙に揺らいでいることに、太一郎は気がついた。

「如何いたした？」

躙《にじ》り寄り、揺らぐ綾乃の肩に手を掛ける。

「旦那様……」

すると、綾乃の体は力なく太一郎の腕の中に頽《くずお》れた。

「綾乃？」

妻の体を両腕に抱き取ってみて、太一郎ははじめて、その呼気が微かに酒気を帯びていることに気づいた。

「お前、まさか、酒を飲んだのか？」

問いながら、だが太一郎は、このとき漸くすべてを察した。

綾乃が、自ら酒を飲むわけがない。おそらく太一郎の帰宅前に、香奈枝が無理矢理飲ませたのだろう。

「言いたいことが言えるようになる薬ですよ」

とかなんとか、言葉巧みに言いくるめて。姑《しゅうとめ》に従順な綾乃は、言われるまま飲んだのだろう。そして、その酔いが完全にまわりきるまで、綾乃は太一郎に対して言いたいことを言うことができた。

「綾乃……」

そうまでしなければ、己の気持ち一つ吐露《とろ》できぬ綾乃が、太一郎には哀《かな》しかった。そして、たまらなく愛しくもあった。

「旦那様……太一郎様……あの日より、ずっとお慕いしておりました……本当に……ご無事で……」

譫言《うわごと》のように口走りながら、綾乃は無意識に太一郎の胸に顔を埋めた。それ故、綾乃が口走った言葉の後半は、太一郎の耳には届いていなかったかもしれない。

「すまぬ、綾乃」

しかし太一郎は、湧き上がる愛しさをおさえきれず、綾乃を夢中で抱き竦めていた。その身に焚きしめられた爽やかな沈香《じんこう》が、太一郎の鼻腔を心地よく擽《くすぐ》った。

家を出た香奈枝のあとを、しばらく黙って黎二郎は尾行けた。

香奈枝の足が広小路のほうに向いたところで漸く早足になり、間合いをつめる。

「おふくろ様」

「珍しく、早起きですね」

香奈枝は足を止め、チラッと小さく、黎二郎を顧みた。

「いつも、このくらいの時刻に起きてるよ」

「それは重畳《ちょうじょう》。ならば、榊原様への手土産はお前に買ってもらいましょうか。……亀屋《かめや》の最中《もなか》でよいでしょう」

「季節柄、桜餅のがいいんじゃねえのか？」

「だからこそです」

「え？」

「季節柄、桜餅はお茶菓子に出される可能性が高い。それ故、あえてはずすのです」

「ふうん、そんなもんかね」

ぼんやり言い返してから、黎二郎は慌てて香奈枝のあとを追った。

気がつけば、再び歩を進め出した香奈枝との距離が見る見るひき離されてしまう。

「え？　ホントに、義姉《あね》上の実家に行くのかよ？」

「行きますよ。招かれたのですから」

「てっきり、兄貴と義姉上を二人っきりにしてやるための方便かと思ったよ」

黎二郎は香奈枝の背後にピタリとはりつき、殆どあいだをあけずにそのあとに続いた。人通りの多い路上で、大きな声を出さずに言葉を交わすためだ。

「なあ、おふくろ様」

だが、それ以上はなにも言葉を発してくれぬ母に焦《じ》れて、黎二郎は自ら呼びかける。

「なんですか」

応じる香奈枝の声音は、いつになく冷たい。母とはいっても、女である。女から、こんなに冷たい言葉をかけられたことのない黎二郎は、それだけで忽ち出端《でばな》をくじかれる。

「いい天気だな」

「…………」

「お、お茶会日和じゃねえか。よかったなぁ」

「お茶は屋内にていただくもの。天候は関係ありません」

「けど、雨降りだったら、折角の着物が汚れちまうだろ」

「そうですね」

「おふくろ様」

「なんですか。言いたいことがあるなら、はっきりお言いなさい」

「いや、なんにも訊かねえから……」

「なにを訊いてほしいのです？」

「なにって、そりゃあ――」

「徹次郎殿を騙して、無理矢理昔話をさせたことを、よくやったと褒めてもらおうとでもいうのですか」

「別に、騙したわけじゃねえよ。叔父上が、勝手に自分から喋ったんだ」

「どうせ、話さなければ、私に直接問い質《ただ》す、とでも言って、脅したのでしょう。お前のやりそうなことです」

「…………」

図星を指されて、黎二郎は容易く言葉を失う。

「それで、どう思うのです？」

「どうって……」

「父上の仇《かたき》を討ちますか？――武家の男子らしく」

「…………」

「その覚悟もなく、ただ面白半分に話を聞いただけですか」

「ち、違うよ。そんなわけ、ねえだろ」

黎二郎は慌てて言い募った。

「仇を討つに決まってんだろ」

「軽々しく言うものではないッ」

その途端、香奈枝に厳しく叱責された。

「何故今日まで、お前たちにひた隠しにしていたと思うのです」

「…………」

黎二郎は気まずげに口を噤《つぐ》む。

目指す仇が、もし彼らの想像どおりの人物なのだとしたら、どう考えても勝ち目はない。

(だからこそ、おふくろ様は俺たちに黙ってたんだ)

今更ながらに、そのことが重く心にのしかかってくる。

香奈枝と黎二郎はしばらく無言で、広小路の人波の中を歩いていた。

(なにもわざわざ、こんな人混みの中を歩かなくてもいいじゃねえか。『亀屋』へ行くなら、日本橋のほうからまわったほうがよっぽど近ぇじゃねえか)

人いきれにあたって内心辟易していると、

「それはそうと、黎二郎──」

香奈枝がふと、口を開いた。

「実は、徹次郎殿にも言っていないことがあるのです」

「え？」

「あの朝、慶太郎殿の遺体からは、僅かに麝香《じゃこう》の香りがしていたのです」

「麝香？」

「討手の体に焚《た》きしめられた香りが移ったのかもしれません」

「じゃ、父上は女に殺されたってのか？」

「麝香は、女子だけが焚くものではありません」

「そうなの？」

「雄の麝香鹿の香嚢から作られるものですからね。寧《むし》ろ、王朝の御代から、男子の嗜《たしな》むものとされています」

「へぇ、そうなんだ」

黎二郎は遠慮がちに相槌を打った。麝香の説明はいいから、速く先を話せ、と思う本心を、辛うじてひた隠す。

「以前、太一郎と芝居見物に行った帰り、私が謎の男たちに襲われた折のことを、覚えていますか？」

「ああ」

「あの男たちの中に、麝香を焚きしめている者がおりました」

「ほ、本当か！」

「或いは、慶太郎殿を手にかけた者であったかもしれません」

「おふくろ様になんかごちゃごちゃ言ってやがった、あの野郎か？」

「ええ、お前たちが駆けつけて来たので、慌てて逃げて行きました」

「畜生ッ、そうと知ってたら、逃がしはしなかったんだが」

「ところでお前は、何故あの日私が襲われるということを察したのです？」

「何故って、そりゃあ、おふくろ様が、あの日兄貴を連れて芝居見物に行ったのは、作り話を聞かせてえ相手が、兄貴だけじゃねえって思ったから。……だって、兄貴一人を言いくるめるためなら、なにも、父上に女がいた、なんて見えすいた嘘、つく必要ねえだろ。兄貴なんざ、おふくろ様が何言ったたって、頭から信じ込むんだからよ。……そんな途方もねえ嘘をつくのは、他にもそれを聞かせてえ相手がいるからに決まってらぁ」

「かないませんね、お前には」

言いわけがましく言い募る黎二郎の言葉の途中から、香奈枝は苦笑していた。

「だいたいおふくろ様の嘘が、酷すぎるんだよ」

「太一郎は素直に信じましたよ」

「兄貴だって、信じたくなかった筈だぜ。けど、兄貴はあのとおり、真っ正直だからなぁ。おふくろ様も、それを利用したんだろうが、罪だぜ。死んだあとで、浮気者にされちまった父上も気の毒だし——」

「来嶋の家とお前たちを守るための嘘なら、慶太郎さまはお許しくださいます」

迷いもなく、香奈枝は言い切り、

「そうだな」

黎二郎もそれには同意した。

いつの間にか広小路の喧騒を抜け、静かな川縁を歩いていた。香奈枝がわざわざ遠回りをしたのは、黎二郎と話をするためだったということに、このとき漸く、黎二郎は気づいた。

二

黎二郎の顔をひと目見るなり、太一郎の満面は怒りに染まった。

「やあ、兄貴。足の傷はもうすっかりいいのかい？」

「黎二郎ッ」

伝蔵親分の家の居間で、怠惰に寝転びながら兄を迎えた弟をひと目見た瞬間、太一郎は思わずカッとなった。

「この、たわけがぁッ」

「な、なんだよ、いきなり。ご挨拶じゃねぇか」

「貴様、母上と綾乃に巧《うま》く言っておく、と請け負っておきながら、よくも……」

「なんだよ。俺は巧く言ったぜ。……怪我したとか言ったら、義姉上が心配すると思って、肝心なことはなにも言わねぇで、ただ、『兄貴は無事だから、なにも心配することはありません』て。……それがなんだってんだよ」

「そんな意味深な言い方をするから、余計心配させるのではないか。少しは考えろ」

「義姉上となにかあったのか？」

「別に、なにもない」

不機嫌に言って、太一郎は顔を背けた。その頬が僅かに紅潮しているのを、黎二郎は決して見逃さなかった。怒りの故ではなさそうだということも、黎二郎にはお見通しである。

「ま、いいや。夫婦仲がいいのはなによりだからな」

「何を言うか、貴様ッ」

忽ち、太一郎の両頬が真っ赤に染まった。

「そんなことより、兄貴、『加賀屋』が夜逃げしたぜ」

「なに？」

黎二郎の言葉で、太一郎の表情は通常のものに戻る。

「兄貴が襲われた次の日には、店は蛻《もぬけ》の殻《から》だったぜ」

「お前、何故それをすぐに言わなかったんだ」

「だって、兄貴、ものすげえ疲れてるみてえだったし、逃げちまったもんは、仕方ねえだろ。行く先もわかんねえんだしよう」

「だ、だからといって、いまのいままで黙っているとは……」

「火盗に踏み込まれた『伊勢屋』からも、結局なんの証拠も出なかったんだろ？」

「…………」

「福江家の家宝とやらの雪舟の掛け軸も、結局戻らねえんだな、気の毒に――」

「そうだ。福江殿は、どうしておられる？」

「まだ、叔父上のとこにいるよ。叔父上のとこにいりゃあ、三度の飯の心配もいらねえし、大家にも責められねえからな」

「だが、家賃というのは、そんなに長く滞納してよいものなのか？」

「さあなぁ、欲張りな大家なら、二、三ヶ月払わねえだけで叩き出されることもあるらしいぜ」

「それは……まずいのではないか？」

「それに、お由さんのご機嫌は最悪だしな」

「福江殿が贋作一味に深く関与している可能性は最早皆無なのだから、もうお帰りいただけばよいではないか」

「優しい叔父上が、友だちに『帰れ』なんて言えるわけねえだろ」

「もとはといえば、お前がそう仕向けたのだろう。お前が代わりに言え」

「やだよ」

「黎二郎ッ」

「叔父上だって、俺なんかに余計な口出しされるのは面白くねえだろうよ。言うなら、長男の兄貴が言えよ」

「な、何故俺が！」

太一郎は忽ち絶句する。

「いいんだよ。女は多少不機嫌にさせたあとで機嫌をとってやれば。……そのほうが、歓ぶんだから」

したり顔で黎二郎は言うが、

「な、なんの話だ」

太一郎は顔を赤らめて困惑した。黎二郎が何を言っているのかわからぬほど、太一郎もさすがに、初《うぶ》でも堅物でもない。

「兎に角、福江殿のことは、責任をもってお前が追い出せ」

「まあ、そのうちな」

「また、そういういい加減なことを！　だいたいお前は――」

「うるせえな。なにむきになってんだよ。どうだっていいじゃねえかよ、そんなこと」

「どうでもよくはないぞ。もし福江殿が、このまま済《な》し崩《くず》しに叔父上のところに住み着いてしまわれたら、どうするつもりだ？」

「どうするって……」

厳しく詰問されて、黎二郎は困惑した。太一郎が何故そうまでこの問題にむきになるのか、理解できなかったからだ。

「叔父上には、此度《こたび》の俺の役目のせいで、迷惑をおかけすることとなった。福江殿は、贋作を持ち込んで叔父上から幾ばくかの金をせしめたかもしれないが、それはあくまで、叔父上と福江殿とのあいだのことだ。我らがとやかく口出しすべき問題ではない」

「…………」

「しかるに、此度のお役目故、本来ならば、友と友のあいだですんでいたかもしれぬことが、白日《はくじつ》の下《もと》に曝《さら》されてしまった。これがもとで、もし叔父上と福江殿の仲が毀れてしまったら、どうするのだ」

「そ、そんなの、兄貴のお役目と関係ねえだろ。いくら友だちだからって、贋物で金借りるような野郎なんぞ、そもそも友じゃねえや」

「だからお前はたわけだと言うのだ」

と一旦言葉を切り、

「福江殿がどのような御方であれ、叔父上がかつて友として交わり、いまもなお、友と認める御方だ。我らがとやかく言う筋合いはないのだ」

太一郎は言葉を次いだ。彼にしては珍しい長広舌《ちょうこうぜつ》だ。

「叔父上と福江殿は、三十年来のおつきあいなのだぞ。つまり、我らが生まれる前からだ。そんな男と男のつきあいを、我ら如き若輩者が毀してよい筈がなかろう」

太一郎の口調は次第に落ち着き、いつもと同じ静かな声音に戻る。

「叔父上は、長らく父がわりとして我らを庇護し、隠居されて後も、実の息子同然に思うてくだされている。そんなお方の暮らしを、徒《いたずら》にかき乱して、よいと思うておるのか？」

「いいとは言ってねえよ。けど、兄貴も大袈裟じゃねえか」

答えに窮しつつも、

「福江のおっさんにだって、人並みの罪悪感はあるだろうぜ。……まさか、自分が騙した男の家にいつまでも居座ろうなんて思っちゃいねえよ」

黎二郎は懸命に言い訳した。

太一郎の言いたいことがわからぬわけではない。香奈枝に片想いしていたことを差し引いても、太一郎らのことを思って妻を娶らずに隠居した徹次郎に対して、申し訳なく思う気持ちは、長男だけに人一倍強いのだろう。気持ちはわかるが、気を遣いすぎているようにも思う。

（おふくろ様と俺たちのために捧げられたみてえな叔父上の人生を、兄貴は不幸だと思ってるんだろうが、そうでもねえと、俺は思うぜ）

口には出さず、心の中でだけ、黎二郎は呟いた。

「ともかく、お前が責任をもって、福江殿を叔父上の許から追い出さねばならぬぞ」

「ああ」

「よいな？」

「わ、わかってるよ」

念を押されて、仕方なく黎二郎は肯いた。

神妙な顔で兄の言うことを聞くよりほか、この話を終わらせる術《すべ》はない、と覚ったからだ。

「それにしても、『加賀屋』も逃げてしまうとはな。……もう、お手上げだ」

「もう、いいんじゃねえのか」

「え？」

「兄貴一人を殺《や》るために、あんな大人数繰り出してくるような連中だぜ。到底兄貴一人の手に負える相手じゃねえや」

「それはそうだが――」

「いつでも手をひいていい、って言われてるんだろ、若年寄から」

「それでもなお、必ずやり遂げると、俺は若年寄様の前で言ってしまったのだぞ」

苦しげな表情で、呻《うめ》くように太一郎は言う。

「武士に二言《にごん》はないのだ」

「んなこと言ったって、しょうがねえだろ。だいたい若年寄は、なにもかもわかってて、伊賀のくの一《いち》に、兄貴の身辺警護をさせてたんじゃねえのかよ」

「どういう意味だ？」

「だからぁ、はじめから、相手が相当ヤバい奴らだってわかってて、兄貴にこの役目を負わせたんだろ、若年寄は――」

「…………」

太一郎は言葉を失った。

少々鈍いところのある太一郎にも、それくらいは容易に理解できる。この密命が下ったときから、常に考えていたことだ。即ち、何故若年寄は、自分にこの役を課したのか。

（或いは、《闇公方》とやらの思惑ではないのか）

　とも、思わぬことはなかった。

　父・慶太郎が、《闇公方》にとって都合の悪いことを知ってしまったから殺されたのだ、という母の見解が正しいとすれば、その秘事を伝え聞いているかもしれぬ太一郎を、《闇公方》は放っておかないだろう。

（そうだ。舅殿はなにかご存知なのではないのか。それ故、いまなお出海殿に、俺の身辺警護を頼んでおられる）

　太一郎は懸命に思案した。

　一方、黙り込んでしまった太一郎を見て、黎二郎もまた、いやな思いにかられている。それ故、

「そういや、順はどうしてる？」

　わざと話題を変えた。

「え？」

「いや、若年寄の御子息とうまくやってるのかと思ってよ」

「それはわからぬが、特に変わりはないと思うが……」

「ったく、いい加減だなぁ。だいたい、ちゃんと見てやってるのかよ。弟のこと、ち

ゃんと考えてやれ、っていつもおふくろ様から言われてるだろうが」

黎二郎に言いたいだけ言われ、太一郎は容易く返答に窮した。

確かにそのとおりだった。このところ、自分のことで手一杯になり、順三郎を思いやる余裕は全くなかった。黎二郎の指摘はもっともだと思い、大いに反省した。

「まあ、いいや。折角来てくれたんだ、《富久》で一杯やってくかい？」

「いや、今日は帰る」

身を乗り出して酒を酌む所作を見せた黎二郎の誘いを、太一郎はあっさり断った。暢気に酒を飲んでいる場合ではないように思えたのだった。

三

それから数日後、太一郎は再び、京極備前守の屋敷へ呼ばれた。

二度目なので、さほど緊張することはなかったが、気は重かった。

「先日は、嶌殿のおかげで命拾いいたしました。お心遣い、有り難く存じます」

太一郎が真っ先にそのことへの礼を述べると、

「うむ。無事でなによりじゃ」

と応えたあとで、

「実は、今日そちを呼んだのは、会わせたいお方があってのことだ」

と備前守は言う。

「それは、何方《どなた》でございましょう？」

当然太一郎は備前守に問うた。だが備前守はそれには答えず、

「茶室にて、お待ちいただいておる」

とのみ、言った。

「案内《あない》しよう」

短く告げると、ゆっくり腰をあげ、自ら庭へおりて行く。

見れば、いつのまにか、太一郎の履物も、そこへ揃えて置かれていた。

（誰だろう）

敷き詰められた砂利を踏んで備前守のあとを追いながら、太一郎は考えた。

備前守が名を告げようとしないのは、その人物がお忍びで訪れているためだろう。

余程の身分の人物であるということは、充分に想像できる。だが、そのやんごとなきお方が、太一郎のような軽輩に、一体なんの用があるというのだろう。

「この先だ」

促されるまま、碧色《あお》に輝く池を望み、その上に架けられた石橋を渡って、太一郎は備前守に随《したが》ったが、視線の先に、やがて小さな建物が見えはじめたとき、備前守はその場で足を止めた。

「…………」

太一郎も倣って足を止めると、

「行け」

備前守は目顔で更に促した。ここからは、一人で行け、ということらしい。

仕方なく、太一郎はゆっくりと歩を進めた。気持ちの重さが、つい足どりに表れてしまう。「お待たせしている」という備前守の言葉に、これ以上お待たせするな、急げ、という言外の意がこめられていることはわかっているのだが。

一体何処の誰が、茶室で自分を待っているのか。

もとより、いやな予感しかしなかった。

そして、太一郎のいやな予感は大概あたる。

美しく手入れされた庭を横切り、飛び石の上を歩いた。さすがは大名屋敷である。

茶室は、有楽《うらく》好みの数寄屋《すきや》造りというのだろう。躙《にじ》り口の前には蹲踞《つくばい》が置かれ、懸樋《かけい》で水をひいている。

（茶室でお目にかかるのだから、矢張り、茶を頂戴するのだろうな）

太一郎は柄杓《ひしゃく》をとって蹲踞の水で手と口を濯《すす》いだ。

濡れた手を拭ってから、恐る恐る、躙り口に身を差し入れる。

（こういうとき、なんと言えばいいんだ？）

咄嗟に考えたが、茶席に招かれた経験など殆どないので、なにも思い浮かばない。

（母上に聞いておけばよかった）

「…………」

結局無言で部屋の中に入り、入るとすぐ、足を揃えて正座した。

点前座《てまえざ》には、既に亭主が着座している。亭主が、黒羽二重の衣裳を纏っているということ以外、太一郎にはなにも見てとれなかった。もとより、顔を俯けているのだ。

俯いたまま、両の拳を用いて亭主のほうへと躙り寄る。

ほどよい近さまで躙り寄ったところで改めて威儀を正し、

「徒目付組頭、来嶋太一郎にございます」

両手をついて平伏した。

「それはよせ」

すかさず亭主が短く制する。よくとおる、若々しい声音だ。

「ここは茶室じゃ。浮き世の作法は無用にいたせ」

「は……」

「顔をあげよ」

命じられても、容易には従えない。亭主の着ている黒羽二重のその紋を、咄嗟に見てしまったので、相手の身分に察しがついたのだ。

「来嶋」

「はっ」

「よいから、顔をあげよ。それでは話ができぬ」

重ねて命じられ、太一郎は仕方なく顔をあげた。狭い茶室の中である。ずっとこのままでいられるわけがない。

顔をあげた太一郎は、遠慮がちに視線を逸らしながらも、それとなく亭主の顔を盗み見た。年の頃は四十がらみ。端正な顔だちながらも、意志が強そうな——一つ間違えば、激しく感情を発露しそうな人柄と見えた。

「わけあって、我が名は告げられぬ。……もっとも、そのほうには大方《おおかた》察しがついているかもしれぬが」

沸き立つ釜の蓋を袱紗《ふくさ》で被《おお》ってとりながら、亭主は言った。

「儂とそのほうは、本日、茶を一服振る舞う亭主とその客だ。そう、心得てほしい」

「はい」

太一郎は即座に応える。

「これは、ある兄弟の話だ。物語と思って聞いてくれ」

「はい」

「ちなみに、そのほう、兄弟はおるか？」

「はい、弟が二人おります」

声音を変えずに太一郎は応じた。

「仲はよいのか？」

「一番下の弟は年が離れているため、可愛く思われますが、すぐ下の弟とは、諍《いさか》いばかりでございます」

「そうか」

「はい」

「同じ父、同じ母から生まれた者同士、心を同じくするとは限らぬのであろう。儂の物語も、仲の悪い兄弟の話だ。あるところに、それは仲の悪い兄弟がいた。それというのも、弟のほうが兄より優れ、そのため父母からも愛された。何かにつけて弟と比べられた兄は、やがて深く激しく弟を憎んだ。隙あらば、弟に取って代わろうと目論《もくろ》んだ。そのため、周囲の者はその無益な諍いに巻き込まれることとなった」

声音を変えず、淡々と亭主は語る。

「兄は弟を憎むがあまり、その弟の周囲にいる者すべてを憎んだ。……剰《あま》つさえ、弟を追い落とすために、さまざまな悪事も目論んだ」

言いながら、亭主は柄杓をとって釜の湯をすくい、茶碗に注ぐ。

太一郎の視線は無意識にその手元へと注がれる。

「弟の足を引っ張りたいばかりに、数々の不正にも荷担した。あろうことか、弟の敵とも手を組もうとした。……その挙げ句、不正に気づいて糾弾しようとする者まで、手にかけた」

「え？」

「すまなかった」

「…………」

「二度とは言わぬ。赦《ゆる》してほしいなどと、虫のよいことも言わぬ。ただ、愚かな兄の弟として、兄に代わって、一度だけ、詫びておきたかった」

そこまで言葉を継ぎながらも、亭主は見事な手並みで茶筅《ちゃせん》をさばき、茶を点《た》てた。

暗い色をした天目《てんもく》茶碗が、ほどなく太一郎の前に置かれる。その瞬間、作法はどうだったかと懸命に思い出そうとしたが、はっきりとは思い出せなかった。やむなく、

「頂戴いたします」

言葉とともに、右手でグイッと茶碗を取り上げた。どうせこの場には、亭主と自分の二人しかいない。如何に不作法であろうとも、咎められることはないだろう。

右手で取り上げた茶碗に左手を添え、ゆっくりと口許へ運ぶ。茶碗の縁へ口をつけ、グッ、
とひと息に飲み干した。

飲み干した茶碗の縁を指で拭って、亭主の傍らへ戻す。

「…………」

なにか言わねば、と思ったが、残念ながら言葉が出なかった。

「虫のよい話だが、できれば忘れてはもらえまいか」

「…………」

「そなたらの父を殺した者は、遠からず、表の世から姿を消すことになるだろう」

亭主の言葉に、太一郎はただ微かに肯いた。言葉を返すことはできなかった。それは、自分の一存では答えられぬことだからだ。

それ故、

「越中守様」

遂に堪えきれず太一郎が口走ると、

「よせ」

厳しい声音で亭主は制した。

「名乗らぬと言った筈だ」

「はい」

「すべては物語だ。名乗れば即ち、物語でなくなる」

「わかっております」

「浮き世を離れたこの茶室にて、儂とそのほうは一期《いちご》一会《いちえ》の縁《えにし》を結んだ。それだけのことだ」

僅かの感情もこもらぬ声音で、ただ淡々と亭主は述べた。

「委細、承知いたしております。されど——」

「なんだ？」

「すべて忘れる、というお約束は、いま、この場にてはいたしかねます」

「…………」

「本日こちらのお茶室にてあなた様とお目にかかりましたことは、それがしにとっては一期の夢かもしれませぬが、弟たちは別でございます。弟たちは弟たちで、それがしとはまた別の考えを持っております。それ故、弟たちの分までは、お約束いたしかねます」

「なるほど」

太一郎の言葉を聞くうち、亭主の口辺には淡い微笑が滲んでいた。

「兄というのも、苦労が絶えぬようじゃのう」

「いいえ、さほどのことはございません」

亭主の笑顔につられて、太一郎もつい微笑した。それからまた、改めて威儀を正し、

「結構なお点前でございました」

恭しく言いざま、太一郎は深々と頭を下げた。

四

「闇公方と会ったのか」

太一郎の話をすっかり聞き終わった黎二郎は、なお夢見るような顔つきでぼんやり

呟いた。

市井の居酒屋で語るべきか否か、太一郎も多少迷ったが、屋敷では誰が聞き耳を立てているかわからぬし、他には考えつかなかったので、結局ここへ来た。

居酒屋《冨久》は今日も盛況だった。酔客たちの交わす会話で店内は常にざわついている。

「闇公方かどうかはわからぬ」

太一郎はきっぱりと言った。

「だって、『すまなかった』って、兄貴に詫びたんだろ。父上のことを、詫びたんだろ？」

「まあ、そうだが」

「だったらそいつが、闇公方なんだろうが」

「しかしあのお方は、兄君に代わって詫びを言われたのだ。さすれば、闇公方はあの方ではなく、あの方の兄君のほうだろう」

「じゃあ、誰なんだよ、その兄君ってのは？」

ふと我に返って、黎二郎は訊ねる。

「誰と言うて……名を知っても仕方あるまい」

黎二郎の猪口に酒をさしつつ、宥《なだ》めるように太一郎は言い、自らの猪口にも酒を注いだ。

「気に入らねえな」

兄に注がれた酒をひと口で飲み干してから、日頃の彼とは別人のように暗い声音で黎二郎は言った。

「忘れろ、ってなんだよ。だいたい、父上がなんで殺されたのか、肝心《かんじん》のことは何一つ教えちゃくれねえで、忘れろ、ってのはおかしいだろうが」

「だが、父上の仇は、遠からず消える、とお約束くだされた」

「そんなの、あてになるかよ。……消えるって、要するに、隠居するとかってことだろ。大名の隠居なんて、煩《わずら》わしい仕事から離れて何不自由のない暮らしを約束されてんだ。ちっとも不幸じゃねえや」

「では、お前はどうしようというのだ」

周囲の酔客を意識して声を抑えつつ、太一郎は渋い顔をする。

「知れたこと。父上の仇を追い続けるね」

「黎二郎ッ」

「いい加減にすんのは兄貴のほうだろうがッ」

黎二郎の拳が、ドンッ、と激しく卓を叩き、なみなみと注がれた猪口の酒が少しく溢れる。

そのとき、店内の喧騒が一瞬途切れたのは、二人の言い合う声音が大きすぎたからに相違ない。店内は一瞬間シンと静まり、だが次の瞬間にはすぐまた元の五月蠅《うるさ》さを取り戻した。

「なあ、黎二郎」

「なんだよ」

再び口を開いたとき、二人とも、殊更声をひそめていた。

「俺は思うのだが、闇公方という呼び名は、あのお方の兄君が、自らを、好んでそう呼ばせていたのではないのだろうか」

「え？」

「憐《あわ》れな話だ。かなわぬ弟を凌ごうとして、遂に凌げなかった。……それ故、せめて呼び名だけは、と――」

「俺は信じねえよ。そいつが、嘘をついたのかもしれねえだろ。てめえのやったことを、全部兄貴のせいにしたのかもしれねえ」

「一国の藩主が、俺のような軽輩をわざわざ呼びつけて嘘をつく意味があるか？」

「………」

「本当に秘したいことなら、忘れろ、と命じるより、いっそその秘事を知る者を消すべきだ。……父上をそうしたように。だが、あのお方は、そうしなかった。そうせずに、『兄に代わって、詫びを言いたい』とおっしゃってくれた。俺は、あのお方のお気持ちを信じる。いや、信じたい」

「俺は信じねえよ。直接会ったわけじゃねえからな」

「だから、そのように申し上げてきた」

「え？」

「私はよいが、おそらく弟たちは納得せぬであろうと――」

「言ったのか、老中に向かって？」

黎二郎は俄《にわか》に顔色を変えた。

「先のご老中だ」

「いまだって、老中同然の実力者なんだろうが」

「それはそうだが……」

「馬鹿じゃねえのか、てめえ」

「おい、黎二郎」

度重なる黎二郎の暴言に、太一郎はさすがに顔を顰める。

「苟《いやしく》もご老中に向かって、よくそんなこと言えたもんだな。……弟たちは納得しないだろう、って、そりゃ、下手《へた》すりゃ脅し文句だぜ。わかってんのか、兄貴？」

「しかし、実際俺はお前でも順三郎でもないのだから、お前たちに代わって約束することなどできぬではないか」

「兄貴……」

太一郎の困惑顔を見て、黎二郎は内心驚き呆れた。兄の気性ならば知り尽くしているつもりだったが、どうやらまだまだ、理解を超えるものがあるらしい。

「そうか」

黎二郎はつと合点《がてん》した。

「それで、空蟬殿か」

「ん？」

「いや、空蟬殿ってのが、そいつ……ご老中の馬鹿兄貴の本当のあだ名なんだな」

「………」

「弟への対抗意識で、《闇公方》なんて名乗っちゃいたが、まわりは誰も、それを認めてなかった。それで、空蟬殿――中味がなくて空っぽってことだ」

「それが、そのお方の実態なのだろうな」

黎二郎の言葉に、太一郎も合点した。だが、

「なんで兄貴は、そうやって落ち着いていられるんだよ」

いまにも泣きそうな顔で黎二郎は言い返す。

「要するに、兄弟喧嘩じゃねえか。どんだけ身分の高い方々だか知らねえが、たかが兄弟喧嘩のとばっちりで、俺たちの父上は殺されたんだぜ。悔しくねえのかよ？」

「…………」

「腹が立たねえのかよ」

「そんなわけがなかろう」

黎二郎の激しい語気を、太一郎は受け止めた。

「だったら――」

「許せぬ。父上のことは、断じて許せぬ。だが――」

「なんだよ？」

「父上は、我らを護ってくだされたのだ」

「え？」

「そうではないか、黎二郎。父上が命を落とされたおかげで、こうして我らは無事に

過ごしておる。……或いは今頃、我らの命はなかったかもしれぬのだぞ」

「……………」

「正直、どうしてよいのか、俺にはわからぬ。だが母上は、俺たち兄弟の命を守ることを、最優先になされた。夫を殺され、誰よりも口惜しく思われた筈なのに……そうではないか？」

「うん……」

黎二郎は力なく肯く。

「ならば……そんな母上に育てられた我らならばこそ……」

言いながら、だが太一郎は途中で言い淀んだ。喉元にこみ上げてくるものの熱さで、言葉が出なかったのだ。

「兄貴？」

「……………」

「どうしたんだよ？」

「母上は、お許しくださる」

「え？」

「ここで、我らが仇討ちを諦めたとて、母上はお許しくださるように思う」

ドッと、堰《せき》を切ったような悲しみに押し流されながら、辛《かろ》うじて太一郎は言った。

黎二郎には返す言葉がなかった。ただ、太一郎の肩へそっと手を置き、兄の手の中の猪口に酒を注いでやりながら、

「墓参り、行かなきゃな」

いつもと変わらぬ声音で言うのが精一杯だった。

「ああ」

太一郎もまた、小さく肯いてそれを受けた。

京極家の茶室でお目にかかった人の言葉を一字一句違《たが》えずに黎二郎に告げながら、だが太一郎は、その帰り際に京極備前守が彼に言ったことについては一切口にしなかった。

「贋作一味の探索については、そちにはすまぬことをした。一味の後ろで糸を引く人物をあぶり出したくて、そちに命じたのだが、案の定そやつはそちを亡き者にせんとした。失敗したと知ると、さっさと証拠を処分し姿を消した。一味のほうは何《いず》れ火盗が捕らえるだろうが、そやつは、捕り方の手の届かぬところへ逃げ込んでしもうた」

「そやつとは、一体何処の誰でございましょうや？」

「主君に取り入り、主君を唆《そそのか》す、狡賢《ずるがしこ》い奴だ。……あやつをお兄君の側《そば》から除か

ぬことには、越中守さまのご心痛はおさまらぬ」

備前守は深く嘆息し、太一郎はもうそれ以上、何も問わなかった。問わずとも、それが、茶室で茶席の亭主から聞かされた話と無関係ではないということが、察せられたのだ。

（ここから先は、もう黎二郎には頼れぬ。俺が一人で、知らねばならぬことだ）

幸い黎二郎は、贋作一味の件は太一郎の暗殺失敗とともに自然消滅したものと思っている。太一郎のほうから話題にしなければ、何も訊かれることはないだろう。

（黎二郎の言うとおり、何一つ、明らかにはなっておらぬのだ）

調べなければならぬことは、まだ山ほどある。だがその前に、綾乃のこと、順三郎のこと——勿論黎二郎のことも、太一郎にとって、考えねばならぬことが山積みだった。

五

「殿——」

障子の外からひそやかに囁かれた声音に起こされたわけではなかった。

「おのれぇ～、賢丸《まさまる》～ッ」

折しも夢に魘《うな》され、偶然跳ね起きたのである。跳ね起きて、部屋外に控える者の存在を知ると微かに安堵し、

「如月《きさらぎ》か？」

彼が最も信頼する側用人《そばようにん》の名を呼んだ。

「はい、如月にございます。いかがなされました、殿？」

「だ、大事ない。……いやな夢をみただけじゃ」

「凶夢をみるは、ご体調のすぐれぬ証拠にございます。お匙《さじ》を呼ばれたほうがよろしいのではございませぬか？」

「いや、それには及ばぬ」

「されど……」

「大事ないと言ったら、大事ないのじゃ」

「左様でございますか」

不機嫌な主人の声を聞き流し、変わらぬ口調で側用人の如月縫殿助《ぬいのすけ》は応じる。

「殿には、もうすぐ国表へ向けてご出立なされる由、どうかそれまで、お心安らかに過ごしてくだされませ」

「おお、そのことよ」

褥《しとね》の上に身を起こしたまま、殿と呼ばれる四十半ばのその男は言う。

「気の重いことよのう。儂は田舎暮らしは好かぬ」

「まことにもって、ご心労のほど、お察しいたします」

明らかな媚《こび》を含んだ口調で如月は言葉を継ぐ。

「本来ならば、将軍家後嗣《こうし》ともなるべき御三卿の御家に生まれ、御簾中《ごれんじゅう》様の御養子ともなられた殿が、如何に譜代とはいえ、鄙《ひな》びた伊予松山《いよまつやま》の藩主とは……嘆かわしゅうございます」

「まったくじゃ」

「ですが、たかが一年の辛抱にございます」

如月はつと口調を変える。

「次の江戸出府の折こそは、必ずや、殿は幕閣の要職に就かれます」

「そうだろうか」

如月から力強く請け負われると、殿は満更でもない様子だ。

「そうなれますよう、それがしも、精一杯努《つと》めまする」

「頼むぞ、如月」

「ははっ」

障子の外で恭しく平伏しながら、だが如月縫殿助は、心中密かに舌を出している。

贋作一味を使って荒稼ぎしたため、かなりの貯えができた。このまま逐電《ちくでん》しても何不自由なく暮らせるだけのものはあるが、この殿にはまだまだ利用価値がある。もう暫《しばら》く、側近く仕えるのも悪くない。

なにしろ、二十年来のつきあいだ。将軍家御連枝《ごれんし》の家柄、それも正室である御簾中の養子になっているくらいだから、上手《うま》くいけば次期将軍もあり得るのでは、と期待した。将軍の側用人となれば、その権勢は如何ばかりか。その後、父君の田安《たやす》殿が、あまり出来のよくない兄よりも、一歳年下で聡明な弟のほうをより愛していると知り、しまった、弟のほうに仕えておけばよかった、と臍《ほぞ》を噛んだがあとの祭りだ。それでも、どうにか、老中にできぬものかと、あれこれ画策した。幕閣のお歴々に金をばらまくのが手っ取り早いだろうと思い、ありとあらゆる不正に手を染めて金を掻き集めた。彼の計画が功を奏していれば、いまごろ殿は、天下のご老中だ。

（それを、あの忌々《いまいま》しい来嶋めが邪魔しおって。小役人の分際で……）

来嶋の小倅を始末できなかったことは口惜しいが、今回は少々派手にやりすぎたかもしれない。なんと言っても、若年寄に目をつけられてしまったのは失態だ。

（だが、矢張り儂はついている）

幸い、参勤交代でしばらく江戸を離れることになる。一年後に戻ってきた頃には、すっかりほとぼりが冷めていることだろう。

※　※　※

「おい、聞いたか、例の贋作一味の顚末《てんまつ》――」

「ああ、結局有耶無耶《うやむや》に終わったのだろう」

「いや、一味の主だった者たちは火盗に捕らわれたらしいぞ」

「それは、まことか？」

「それはそうじゃ。火盗は有能だからのう」

「若年寄様から、直々に命じられた来嶋の面目は丸潰れじゃのう」

目付どもが交わし合う私語は、今日も詰所の前の廊下の端まで響き渡っていた。

厠《かわや》から己の詰所へ戻る途中だった太一郎は、聞くともなしに足を止め、聞いていた。

何を聞かされても、太一郎は最早それほど驚かない。

彼らは、城の中から一歩も出ずに、ただ狭い見識の中で勝手なことを言い合っているにすぎない。なにが真実でなにが誤りかを本気で知りたいと思うなら、自らの目で見て自らの耳で聞き、自ら考えねばならない。

そのことを太一郎は、この度《たび》身を以て知った。

「来嶋の家は祟《たた》られているのではないか」

「親子揃って貧乏くじをひく運命なのだろう。気の毒に——」

「よいのではないか。息子のほうは命拾いしたのだから」

「まさしく、命あっての物種じゃからのう」

「まったくじゃ」

「はははははは……」

けたたましい哄笑が、廊下中を席巻した。

（こやつらも、懲りぬのう）

内心呆れ返りながら、太一郎はその部屋の前を過ぎ、己の詰所へ戻った。

当番所の机の前に座すと、手文庫を開けて読みかけの人情本を取り出す。風紀を乱すいかがわしい文物として先の老中は弾圧したが、庶民のあいだでは、いまも密かに読み継がれている。洒落本《しゃれぼん》も黄表紙も蘭学も、知りたいと願う人々の興味が尽きぬうちは、決してこの世から消え果てることはないだろう。

（そして、父上のことも。……まだまだ、知らねばならぬことが、山ほどある）

その手はじめとして、本日下城のあと、舅の左近将監を訪ねよう。こちらの問いに、すべて答えてもらえるかどうか、それはわからぬが、とにかく、試みる価値はあるだろう。

思いつつ、無意識に読本の文字を目で追っていると、ふとした睡魔に襲われる。

時刻はそろそろ八ツ——即ち、未《ひつじ》の刻。

一刻前に食した弁当の満腹感故か、幸福な眠気に全身を侵されながら、太一郎は懸命にその睡魔に抗《あらが》った。誰がなんと言おうと、誇りをもってこの役に就《つ》いている。勤めには真摯《しんし》に。居眠りなどしている場合ではないのだ。

時代小説

二見時代小説文庫

徒目付《かちめつけ》 密命《みつめい》　旗本三兄弟《はたもとさんきょうだい》 事件帖《じけんちょう》 2

著者　藤《ふじ》 水名子《みなこ》

発行所　株式会社 二見書房
東京都千代田区三崎町二-一八-一一
電話　〇三-三五一五-二三一一［営業］
　　　〇三-三五一五-二三一三［編集］
振替　〇〇一七〇-四-二六三九

印刷　株式会社 堀内印刷所
製本　ナショナル製本協同組合

落丁・乱丁本はお取り替えいたします。
定価は、カバーに表示してあります。

 ISBN978-4-576-16009-2
http://www.futami.co.jp/

二見時代小説文庫

闇公方《やみくぼう》の影　旗本三兄弟 事件帖1

藤 水名子［著］

幼くして父を亡くし、母に厳しく育てられた、徒目付組頭の長男・太一郎、用心棒の次男・黎二郎、学問所に通う三男・順三郎。三兄弟が父の死の謎をめぐる悪に挑む！

与力・仏《ほとけ》の重蔵　情けの剣

藤 水名子［著］

続いて見つかった惨殺死体の身元はかつての盗賊一味だった。鬼より怖い凄腕与力がなぜ〝仏〟と呼ばれる？男の生き様の極北、時代小説に新たなヒーロー登場！

密偵《いぬ》がいる　与力・仏の重蔵2

藤 水名子［著］

相次ぐ町娘の突然の失踪…かどわかしか駆け落ちか？手がかりもなく、手詰まりに焦る重蔵の乾坤一擲の勝負の一手！〝仏〟と呼ばれる与力の、悪を決して許さぬ戦い！

奉行闇討ち　与力・仏の重蔵3

藤 水名子［著］

腕利きの用心棒たちと頑丈な錠前にもかかわらず、千両箱を盗み出す〝霞小僧〟にさすがの〝仏〟の重蔵もなす術がなかった。そんな折、町奉行矢部定謙が刺客に襲われ…

修羅《しゅら》の剣　与力・仏の重蔵4

藤 水名子［著］

江戸で夜鷹殺しが続く中、重蔵は密偵を囮に下手人を挙げるのだが、その裏にはある陰謀が！闇に蠢く悪の所業を、心を明かさぬ仏の重蔵の剣が両断する！

鬼神の微笑　与力・仏の重蔵5

藤 水名子［著］

大店の主が殺される事件が続く中、戸部重蔵の前に火盗の密偵だと名乗る色気たっぷりの年増女が現れる。商家の主殺しと女密偵の謎を、重蔵は解けるのか!?

枕橋の御前　女剣士 美涼1
藤 水名子［著］

島帰りの男を破落戸から救った男装の美剣士・美涼と剣の師であり養父でもある隼人正を襲う、見えない敵の正体は？　小説すばる新人賞受賞作家の新シリーズ！

姫君ご乱行　女剣士 美涼2
藤 水名子［著］

三十年前に獄門になったはずの盗賊と同じ通り名の強盗が出没。そこに見え隠れする将軍家ご息女・佳姫の影。隼人正と美涼の正義の剣が時を超えて悪を討つ！

世直し隠し剣　婿殿は山同心1
氷月 葵［著］

八丁堀同心の三男坊・禎次郎は婿養子に入り、吟味方下役をしていたが、上野の山同心への出向を命じられた。初出仕の日、お山で百姓風の奇妙な二人組が……。

首吊り志願　婿殿は山同心2
氷月 葵［著］

不忍池の端で若い男が殺されているのに出くわした上野の山同心・禎次郎。事件の背後で笑う黒幕とは？　禎次郎の棒手裏剣が敵に迫る！　大好評シリーズ第2弾！

けんか大名　婿殿は山同心3
氷月 葵［著］

ひょんなことから、永年犬猿の仲の大名家から密かに仲裁を頼まれた山同心・禎次郎。諍いつづける両家の諍いの種は、葵御紋の姫君……!?　頑《かたくな》な心を解《ほぐ》すのは？

閻魔の女房　北町影同心1
沖田正午［著］

巽真之介は北町奉行所で「閻魔の使い」とも呼ばれる凄腕同心。その女房の音乃は、北町奉行を唸らせ夫も驚くほどの機知にも優れた剣の達人！　新シリーズ第1弾！

二見時代小説文庫

神田川斬殺始末 栄次郎江戸暦7
小杉健治［著］

偶然現場に居合わせたことから、連続辻斬り犯を追う栄次郎。それが御徒目付の兄・栄之進を窮地に立たせることになり…。兄弟愛が事件の真相解明を阻むのか!?

明《あけ》烏《がらす》の女 栄次郎江戸暦8
小杉健治［著］

栄次郎は深川の遊女から妹分の行方を調べてほしいと頼まれる。次々と失踪事件が浮上し、しかも己の名で女達が誘き出されたことを知る。何者が仕組んだ罠なのか？

火《か》盗《とう》改《あらた》めの辻 栄次郎江戸暦9
小杉健治［著］

栄次郎は師匠に頼まれ、顔を出さないという兄弟子東次郎宅を訪ねるが、まったく相手にされず疑惑に苛まれる。実は東次郎は父の作事奉行を囲繞する巨悪に苦闘していた！

大《おお》川《かわ》端《ばた》密会宿 栄次郎江戸暦10
小杉健治［著］

〝恨みは必ず晴らす〟という投げ文が、南町奉行所筆頭与力に送りつけられた矢先、事件は起きた。しかもそれは栄次郎の眼前で起きたのだ。事件の背景は何なのか？

秘剣 音無し 栄次郎江戸暦11
小杉健治［著］

湯島天神で無頼漢に絡まれていた二人の美女を救った栄次郎。それが事件の始まりだった！ 一切の気配を断ち迫る秘剣〝音無し〟とは？ 矢内栄次郎、最大の危機!!

永《えい》代《たい》橋《ばし》哀歌 栄次郎江戸暦12
小杉健治［著］

日本中を震撼させた永代橋崩落から十七年後。栄次郎は、奇怪な連続殺人事件に巻き込まれた。死者の懐中に残された五人の名を記した謎の書付けは何を物語るのか。

二見時代小説文庫

老剣客 栄次郎江戸暦13
小杉健治［著］

空《うつ》蟬《せみ》の刻《とき》 栄次郎江戸暦14
小杉健治［著］

涙雨の刻《とき》 栄次郎江戸暦15
佐々木裕一［著］

剣客大名 柳生俊《とし》平《ひら》 将軍の影目付
麻倉一矢［著］

赤鬚の乱 剣客大名 柳生俊平2
麻倉一矢［著］

浮世小路 父《おや》娘《こ》捕物帖 黄泉からの声
高城実枝子［著］

水茶屋のおのぶが斬死体となり料理屋のお咲が行方不明になった。真相を探索する栄次郎は一人の老剣客を知り、そのなんの気も発さぬ剣の奥義に達した姿に魅せられるが…

三味線の名手でもある栄次郎は、渋江藩下屋敷に招ばれ、『京鹿子娘道成寺』を披露の最中、最初の異変を目撃する羽目になった。やがて事件は、栄次郎を危地に……！

栄次郎は与力から奇妙な依頼を受けた。薬種問屋の楽隠居が年若い美人に溺れた挙句、女と暮らすと一ヶ月前に姿を消した。真相を探ってほしい、というのであったが…

柳生家第六代藩主となった柳生俊平は、八代将軍吉宗から密かに影目付を命じられ、難題に取り組むことに…。実在の大名の痛快な物語！ 新シリーズ第1弾！

将軍吉宗の命で開設された小石川養生所は、悪徳医師らの巣窟と化し荒みきっていた。将軍の影目付・柳生俊平は盟友二人とともに初代赤鬚を助けて悪党に立ち向かう！

味で評判の小体な料理屋。美人の看板娘お麻と八丁堀同心の手先、治助。似た者どうしの父娘に今日も事件が舞いこんで…。期待の女流新人！ 大江戸人情ミステリー

二見時代小説文庫

緋色のしごき　浮世小路　父娘捕物帖2

高城実枝子［著］

事件とあらば走り出す治助・お麻父娘のもとに、今日も市中で殺しの報が！　凶器の緋色のしごきは何を示すのか⁉　半村良の衣鉢を継ぐ女流新人が贈る大江戸人情推理！

公家武者　松平信平《のぶひら》　狐のちょうちん

佐々木裕一［著］

後に一万石の大名になった実在の人物・鷹司松平信平。紀州藩主の姫と婚礼したが貧乏旗本ゆえ共に暮せない。町に出ては秘剣で悪党退治。異色旗本の痛快な青春！

姫のため息　公家武者　松平信平2

佐々木裕一［著］

江戸は今、二年前の由比正雪の乱の残党狩りで騒然。背後に紀州藩主頼宣追い落としの策謀が……⁉　まだ見ぬ妻と、舅を護るべく、公家武者松平信平の秘剣が唸る！

四谷の弁慶　公家武者　松平信平3

佐々木裕一［著］

結婚したものの、千石取りになるまでは妻の松姫とは共に暮せない信平。今はまだ百石取り。そんな折、四谷で旗本ばかりを狙い刀狩をする大男の噂が舞い込んできて…。

暴れ公卿　公家武者　松平信平4

佐々木裕一［著］

前の京都所司代・板倉周防守が狩衣姿の刺客に斬られた。狩衣を着た凄腕の剣客ということで、疑惑の渦中の信平に、老中から密命が下った！　シリーズ第4弾！

千石の夢　公家武者　松平信平5

佐々木裕一［著］

あと三百石で千石旗本！　そんな折、信平は将軍家光の正室である姉の頼みで父鷹司信房の見舞いに京へ…。松姫への想いを胸に上洛する信平を待ち受ける危機とは⁉

妖《あや》し火　公家武者 松平信平6
佐々木裕一［著］
江戸を焼き尽くした明暦の大火。千四百石となっていた信平も屋敷を消失、松姫の安否も不明。憂いつつも庶民救済と焼跡に蠢く企みを断つべく、信平は立ち上がった！

十万石の誘い　公家武者 松平信平7
佐々木裕一［著］
明暦の大火で屋敷を焼失した信平。松姫も紀州で火傷の治療中。そんな折、大火で跡継ぎを喪った徳川親藩十万石の藩士が信平を娘婿にと将軍に強引に直訴してきて…。

黄泉《よみ》の女　公家武者 松平信平8
佐々木裕一［著］
女盗賊一味が信平の協力で処刑されたが頭の獄門首が消え、捕縛した役人も次々と殺された。下手人は黄泉から甦った女盗賊の頭!? 信平は黒幕との闘いに踏み出した！

将軍の宴　公家武者 松平信平9
佐々木裕一［著］
四代将軍家綱の正室顕子女王に京から刺客が放たれたとの剣呑な噂が…。老中らから依頼された信平は、家綱主催の宴で正室を狙う謎の武舞に秘剣鳳凰の舞で対峙する！

宮中の華　公家武者 松平信平10
佐々木裕一［著］
将軍家綱の命を受け、幕府転覆を狙う公家を倒すべく信平は京へ。治安が悪化し所司代も斬られる非常事態のなか、宮中に渦巻く闇の怨念を断ち切ることができるか！

乱れ坊主　公家武者 松平信平11
佐々木裕一［著］
信平は京で息子に背中を斬られたという武士に出会う。京で〝死神〟と恐れられた男が江戸で剣客を襲う!? 身重の松姫には告げず、信平は命がけの死闘に向かう！

領地の乱　公家武者 松平信平12
佐々木裕一［著］
天領だった上総国長柄郡下之郷村が信平の新領地に。坂東武者の末裔を誇る百姓たちと公家の出の新領主の相性は!? 更に残虐非道な悪党軍団が村の支配を狙い…。